역사적 인간들

이민우 희곡집

역사적 인간들

인문엠앤비

희곡집 《역사적 인간들》은 '역사적 인간들' 그리고 '역사적 순간들'로
나뉩니다.

'역사적 인간들' 속 작품들은 '인간'을 조명한 것이고
'역사적 순간들'에 속한 작품들은 '시대'를 조망하고자 했습니다.

연극이 '인물'과 '무대'의 만남이듯
역사는 '인간'과 '시대'의 결과물입니다.

우리 역시 역사의 한 순간에 살고 있는 인간이기에
역사를 주제로 현재를 체험하고 미래를 깨닫고자 합니다.

쑥스럽게도 이 책은 한국출판문화진흥원 '2022년 중소출판사 출판콘
텐츠 창작 지원 사업'에 선정된 작품들입니다. 다시 한 번 기회를 주신
한국출판문화진흥원에게 감사드립니다. 더불어 이 책이 나오기까지
수고를 아끼지 않아 주신 출판사 ㈜인문엠앤비 이노나 대표님 그리고
조판 및 편집, 디자인 등 출판에 도움을 주신 모든 선생님들께도 감사
의 말씀을 드립니다.

부모님 그리고 사랑하는 가족
무엇보다 늘 매일 예술적, 문학적 영감을 주는 딸아이와
연극을 알게 해 주고 희곡의 세계로 인도해 준 아이 엄마에게도 고마움
을 전합니다.

2023년 1월
이민우

| 차례 |

CHAPTER 1. [역사적 인간들]

도깨비 대학

유심唯心

귀신과 괴물들의 밤

도깨비 대학

2022년 제4회 광주광역시 창작희곡 공모전 우수상 수상작

1960년 4월, 광주

화가 강용운의 자택. 일명 '도깨비 대학'

[등장인물]

강용운	광주를 대표하는 추상화가 (1921~2006)
배동신	화가 (1920~2008)
양수아	화가 (1920~1972)
천 작가	강용운의 수제자이자 강용운이 재직 중인 광주교대 여학생

[무대]

무대 가운데 계단을 기준으로 '앞부분'과 '뒷부분'으로 나뉜다.

조명 역시 '앞부분'과 '뒷부분'으로 구분된다.

무대 '앞부분'은 가운데 긴 소파와 옆으로 여러 개 의자들이 놓여 있다.

그리고 소파 앞에 테이블이 있고 그 위에 라디오와 신문이 올려져 있다.

유럽 사교계에서 볼 수 있는 '살롱'의 분위기가 느껴진다.

무대 '앞부분'은 '살롱'으로 칭한다.

계단 한 단 위는 무대 '뒷부분'이다.

무대 '뒷부분'은 '마당'으로 칭한다.

일본식 창틀 너머, 무대 맨 뒤 '마당' 밖으로

사과나무가 한 그루 있다.

사과나무 바로 앞에 이젤 위 캔버스가 있다.

캔버스에는 아무것도 그려져 있지 않다.

시종일관 왁자지껄 떠들썩한 분위기를 권한다.

나머지는 연출 재량에 맡긴다.

1막

'마당' 조명만이 켜진다.

이젤 위 캔버스 앞에 앉은 천 작가의 뒷모습이 보인다.

사과나무를 잠시 쳐다보고는 자리에서 일어나 사과나무 앞으로 걸어가는 천 작가

고개를 들어 사과나무를 올려다보고 이내 천천히 고개를 숙인다.

등을 돌려 '살롱'을 향해 걷는 천 작가

천 작가가 앞으로 걸어감과 동시에

'마당' 조명이 서서히 꺼지고 '살롱' 조명이 켜진다.

라디오를 켜고 소파에 드러눕는 천 작가

라디오 (E) 지난달 3월 15일 대통령 선거에 대한 부정선거 여부를 묻는시위
소요가 서울 혜화동 그리고 돈암동 인근에서 서울대학교 학생들
과 성균관대학교 학생들을 중심으로 멈출 기세를 보이지 않고 있
습니다. 이에 이기붕 부통령은 계엄령을 연장할 뜻을 밝히며 인
근 주민들과 어린 학생들에게 외출을 자제할 것을 명하였습니다.
다음은 문화계 소식입니다.
전라남도 광주에서 현재 화가들 간의 추상화와 관련한 논쟁이 뜨
겁게 진행 중입니다. 올 초부터 진님일보를 통해 광주를 연고로

활동 중인 화가 강용운 씨와 오지호 씨가 연재 원고를 주고받으며 〈구상, 비구상의 시비〉라는 주제로 추상화가 과연 예술적 가치를 가진 미술로 볼 수 있는가에 대해 논쟁 중이라고 합니다.

시끌벅적한 소리를 내며
무대 위로 등장하는 강용운, 배동신 그리고 양수아
라디오를 끄며 소파에서 벌떡 일어나는 천 작가

강용운   이리 오너라!

나는 우주의 강용운이다!

배동신   여기 삼바 가라쓰 삼총사가 왔도다!

(천 작가를 보며) 김 작가! 오랜만이야!

고개를 숙이며 답례하는 천 작가
양수아는 들어오자마자 곧장 소파로 가 드러눕는다.

천 작가   (소파에 벌렁 누운 양수아를 보며) 양수아 선생님.

괜찮으세요?

강용운   (외투를 벗으며) 괜찮아. 걱정하지 마.

저 형 아까 오센집에서 좀 많이 마셔서 그래.

(외투를 천 작가에게 건네며) 미안한데 이것 좀 내 방에 가서 걸어주게.

	(배동신을 가리키며) 배 형 옷도 좀 받아주고.
	(양수아를 가리키며) 양 형은 그냥 둬. 덮고 자라고 해.
배동신	(외투를 벗어 천 작가에게 건네며) 그냥 두라고?
	예끼! 수아는 20년생. 자네는 21년생 아닌가.
	자네가 동생이야. 동생.

외투를 받아 무대 밖으로 퇴장하는 천 작가

강용운	(두 손을 번쩍 들며) 여기 이 도깨비 대학에서는
	내가 학장이오.
	여기 있는 모든 만물의 주인이자 통치자란 말이외다!
배동신	흥! 역시 자네는 건방져.
	(미소를 지으며) 하지만 그게 또 자네의 매력이지.
	이보게. 나한테 형이라고 해보게. 혀어어엉─
	어서 해봐. 혀어어엉─
강용운	스미마셍. 미야모토 센세.
배동신	(소파에 누워있는 양수아를 가리키며) 미야모토 선생한테
	그림을 배운 건 저 친구라니까!
	갑자기 집사람이 생각나는구만.

'마당' 쪽을 쳐다보는 강용운
천 작가가 다시 무대 위로 등장한다.

강용운	('마당'을 가리키며) 그림 그리고 있었나?
천 작가	(머리를 긁적이며) 잘 안 되네요.
배동신	아무것도 없는데….
천 작가	(사과나무를 가리키며) 저 사과나무를 그리려고 하는데
	어떻게 그려야 할지 도저히 모르겠어요.
배동신	김 작가!
강용운	천 씨예요. 천 씨.
배동신	그래?
	(껄껄 웃으며) 미안해요. 미안.
	그림이 안 그려진다고?
천 작가	어떻게 시작을 해야 할지 모르겠어요.
배동신	(사진기로 사진 찍는 시늉을 하며) 찰칵!
	뭘 고민을 하나? 사진기에 찍힌 사진처럼 그냥 그대로 그리면 되
	는 걸.
	강용운의 제자라서 역시 추상적으로 그려야 하는 건가?
강용운	천 작가. 뭘 그리려고 하고 있었다고?
천 작가	나무요.
강용운	무슨 나무?
천 작가	('마당'의 사과나무를 가리키며) 저 사과나무요.
강용운	저게 사과나무야?
천 작가	네? 무슨 말씀이세요? 사과나무잖아요.
	작년에 교수님께서 직접 사과도 따셨잖아요.

강용운	가지에 사과가 하나도 없는데.
천 작가	아직 열릴 때가 아니니까요.
	사실 그래서 어떻게 시작해야 할지를 모르겠어요.
	사과를 그려야 하는데 정작 사과는 안 열려있으니까요.
배동신	사과를 그리려고 하는 건가?
천 작가	사과나무니까요.
강용운	사과가 중요한 건가?
천 작가	사과나무를 그릴 때 제일 중요한 게 사과 아닌가요?
강용운	저 친구한테 물어본 거야?
천 작가	네?
배동신	또 요상한 말을 하기 시작하는군.
강용운	저 사과나무한테 물어봤냐고.
배동신	신경 쓰지 말게. 허튼소리야.
	우리 셋 다 오센집에서 거하게 마시고 왔거든.
	(강용운의 등을 두드리며) 그만 좀 하게.
	자네도 취했구만.
	조교 괴롭히는 것도 정도껏 해야지.
천 작가	교수님.
	그러면 제가 어떻게 해야 되나요?
강용운	왜 자꾸 '어떻게' 하냐고 묻지?
	중요한 건 '어떻게'가 아니네.
천 작가	그럼 뭔데요?

강용운	(천 작가와 배동신의 어깨 위에 손을 올리며)
	다 같이 보자고.
	(사과나무를 가리키며) 저 앞에 저 친구가 보이나?
천 작가	네
강용운	그럼 들리나?
배동신	바보 같은 짓 좀 그만하게.
강용운	형님도 눈을 감고 들어보세요.
	저 나무가 우리한테 뭐라고 하는지를.

눈을 감는 세 사람

소파에 누워 있던 양수아, 잠에서 깨 두리번거리며 몸을 일으킨다.

강용운	배 형. 어때요? 들리세요?
배동신	어디서 개가 짖는 소리는 들리는군.

세 사람이 서 있는 곳으로 천천히 걸어가는 양수아

강용운	천 작가. 들리나?
	저 사과나무가 자네에게 하는 말이 들리냐 말이야.
양수아	(천 작가의 등 뒤로 조심스레 다가가) 저 나무가 말을 해?!

깜짝 놀라서 소리를 지르는 천 작가

그 바람에 뒤로 벌러덩 넘어지는 양수아

천 작가	어머나! 선생님! 괜찮으세요?
양수아	이상하다. 술은 깬 것 같은데⋯.
강용운	(천 작가와 함께 양수아를 부축해 일으키며) 술 깬 거 맞아요?
양수아	자네가 잘생겨 보이는데.
강용운	드디어! 대상의 본질을 제대로 꿰뚫어 보는 참된 화가로 돌아오셨군요!
배동신	(소파에 앉으며) 헛소리를 하는 거 보니 다들 아직 취한 것 같은데⋯.
양수아	나무가 말을 한다는 건 대체 무슨 말인가?
	나무와 대화를 한다는 건가?
	아니면 아직 술이 안 깬 건가?
	(사이)
	그래서 저 나무가 뭐라고 하는데?
강용운	(천 작가를 보며) 나무가 뭐라고 하던가?
천 작가	(고개를 저으며) 아무 말도요.
양수아	(배동신을 보며) 나무가 뭐라고 했어?
배동신	술이 고프다고 하더군.
양수아	뭐?
배동신	그만하고 다들 자리에 앉아.

술이나 마시자고.

여기 이 도깨비 대학에 2차를 하러 온 것 아닌가!

그림과 예술에 대한 이야기는 안주 삼아 실컷 하면 되니

일단 목이나 좀 축이세!

소파와 그 옆 의자에 앉는 나머지 세 사람

강용운	도깨비 대학에 오신 걸 환영합니다!
양수아	(박수를 치며) 박수!
강용운	삼바 가라쓰 삼총사의 2차를 시작하도록 하겠습니다!
	(천 작가를 보며) 미안한데 부엌에 가서 홍어 남은 것 좀 가져와 주게나.

자리에서 일어나 무대 밖으로 다시 퇴장하는 천 작가

배동신	(입맛을 다시며) 홍어가 있나?
강용운	고향 화순에서 온 홍어가 있습니다.
배동신	화순 홍어라!
	이 요상한 도깨비 소굴에 온 보람이 있구만.
	술은 뭐가 있나?
강용운	도깨비 대학에는 소주밖에 없습니다.
	학장이 소주만 좋아해서요.

배동신	맥주는 없어?
양수아	아까 오센집에서 막걸리를 먹어서 머리가 띵 하네.
	나는 심심한 술이 좋을 것 같은데.
강용운	양 형을 위해 우리 집 사과주는 늘 준비되어 있지요.
배동신	맥주는?
강용운	맥주도 아마 있을걸요.
천 작가	(다시 무대 위로 돌아와 난처한 표정으로 강용운에게 다가와) 교수님.
	홍어가 없는데요.
강용운	맥주는?
천 작가	맥주도 없어요.
배동신	사람을 차별하는 대학이구만!
강용운	양동시장이 아직 문을 안 닫았을 거야.
	미안한데 양동시장에 가서 홍어와 맥주 좀 사다 주게.
	가서 내 이름을 말하면 아마 달아줄 걸세.

다시 무대 밖으로 퇴장하는 천 작가

배동신	조교를 늦은 시간까지 너무 부려 먹는 거 아닌가?
강용운	오늘 일진이 저 친구에게 사나울 뿐이죠.
	기다리는 동안 소주라도 한 잔 씩 하시죠.
	양 형은 제가 작년에 직접 담근 사과주를 가지고 오겠습니다.

자리에서 일어나 무대에서 퇴장하는 강용운

테이블 위에 놓인 신문을 집어 읽기 시작하는 배동신

양수아는 라디오를 켠다.

라디오에 나오는 노래를 따라 흥얼거리는 양수아

라디오 (E)   빨간 마후라는 하늘의 사나이

                하늘의 사나이는 빨간 마후라

                빨간 마후라를 목에 두르고 구름 따라 흐른다 나도 흐른다.

                아가씨야 내 마음 믿지 마라라 번개처럼 지나갈 청춘이란다.

다시 무대 위로 등장해 테이블 위에 소주와 사과주를 올려놓는 강용운

양수아에게는 사과주를 따라주고 자신과 배동신 앞에는 소주잔을 놓고 소주를 따른다.

라디오 (E)   노래 〈빨간 마후라〉였습니다.

                이어서 뉴스입니다.

                지난달 3월 15일 대통령 선거에 대한 부정선거 여부를 묻는 시위

                소요가 서울 혜화동 그리고 돈암동 인근에서 서울대학교 학생들

                과 성균관대학교 학생들을 중심으로 멈출 기세를 보이지 않고 있

                습니다. 이에 이기붕 부통령은 계엄령을 연장할 뜻을 밝히며 인

                근 주민들과 어린 학생들에게 외출을 자제할 것을 명하였습니다.

신문을 테이블 위에 다시 올려놓고는 라디오를 끄는 배동신

양수아	라디오는 왜 끄나?
배동신	시끄럽네.
강용운	다시 켜요?
양수아	아니네. 그냥 두게.
배동신	어차피 시끄러운 정치 이야기나 계속해서 반복되지 않나.
양수아	지금의 이 시국에 대해 어떻게 생각하시나?
배동신	평소에 내가 절대 밖에서 하지 않는 이야기 주제가
	두 가지가 있네. 하나는 종교 그리고 또 하나는 정치.
	이 둘은 말을 하면 할수록 주변에 사람들을 떠나게 만들어 버리
	거든.
강용운	(소주잔을 비우며) 그것 참 큰일이네요.
	여기 이 도깨비 대학에서는 그 두 가지가 가장 많이 언급되고 필
	수적으로 다뤄지는 주제라서요.
배동신	정치야 그렇다 쳐도 종교까지 이야기를 한단 말인가.
양수아	그런 적 없지 않나?
강용운	우리가 믿는 종교가 뭡니까?
	미술 아닙니까!
	(너털웃음을 짓는다)
양수아	그런데 아까 말하던 나무가 하는 말을 들어본다는 건
	대체 무슨 말인가?
강용운	천 작가가 무엇을 그릴지 몰라 해서 조언을 해준 것입니다.
배동신	천 작가는 어떻게 그릴지에 대해서 물어봤네.

自네는 그냥 장난을 친 것뿐이고.

강용운 ('마당'의 캔버스를 가리키며) 저 그림을

어떻게 생각하십니까?

동시에 '마당'의 조명이 켜진다.

캔버스와 그 앞 사과나무의 모습이 선명하게 보인다.

양수아   아무것도 없지 않나.

배동신   내 말이.

강용운   저 앞의 나무를 그리려 했답니다.

양수아   눈앞의 나무도 못 그리는 건가?

배동신   강용운. 자네가 너무 쓸데없는 걸 조교 머릿속에 집어넣어서 그래!

강용운   그 친구는 제 밑에서 배우고 있습니다.

그 친구는 제 밑에서 배우고 있습니다.

자연히 추상화의 길을 쫓을 수밖에 없죠.

순전히 자신이 선택한 길입니다.

양수아   추상화가 매력적이기는 하지.

배동신   추상화라?

(테이블 위 신문을 가리키며) 자네가 오지호 선생님과 한창

논쟁 중이지 아마.

추상화는 그림이냐 아니냐를 두고 말이야.

강용운   화가라면 캔버스에 무엇을 그려야 할까요?

배동신   눈앞에 보이는 걸 그리면 되지!

너무 현학적으로 파고들려고 하지 말라고!

강용운　('마당'의 사과나무를 가리키며) 저건 무엇입니까?

양수아　나무 아닌가?

강용운　무슨 나무죠?

양수아　사과나무 아니었나?

강용운　저 나무가 정말 사과나무가 맞나요?

　　　　맞다면 무엇이 저 나무를 사과나무인 것으로 만드는 걸까요?

배동신　모든 그림이 추상이어야 할 필요는 없네!

강용운　생각을 한번 해보자는 겁니다.

양수아　생각?

강용운　그림에 있어서 제일 중요한 것이 무엇일까요?

양수아　제일 중요한 것이라….

배동신　술은 언제 오나?

　　　　(신문을 다시 집어 읽으며) 오지호 선생님께서 뭐라고 하셨는지

　　　　좀 봐야겠구만.

강용운　구상에 대해 선생님께서 쓰신 글이 도움이 되긴 할 겁니다.

양수아　(팔짱을 낀 채) 저 아무것도 없는 캔버스에

　　　　나무의 형상을 그대로 그리는 것이 부적절하다는 것인가?

강용운　물론 구상이냐 비구상이냐는 것은 화가의 선택 문제입니다.

　　　　다만 무조건 보이는 대로 그릴 필요가 있느냐는 거죠.

　　　　아까 천 작가에게도 물어본 것입니다만,

　　　　저 나무가 사과나무라면

	무엇이 저 나무를 사과나무로 만드는 것일까요?
배동신	사과가 열리니 사과나무지.
강용운	그렇다면 사과가 없으면 사과나무가 아닌 걸까요?
	병에 걸려 사과가 열리지 않으면
	더 이상 사과나무가 아닌 거냐 이겁니다.
양수아	실존은 본질에 우선한다!
	사르트르가 한 말이지.
강용운	병에 걸리지 않아도
	겨울이나 봄에는 사과가 없을 텐데 그럼 그때도
	저 나무가 사과나무가 아닌 건가요?
배동신	(신문을 다시 테이블 위에 올려놓으며) 그렇지는 않지.
강용운	그러면 저 나무가 사과가 없을 때는 어떻게 저것을
	사과나무라고 인지하는 걸까요?
배동신	보면 그냥 아는 거 아닌가.
양수아	(미소를 지으며 사과주를 한 입 마신다)
배동신	사람의 직관이라는 것은 말로 다 설명할 수 없는 것이네.
	실제로 우리가 세상 모든 동식물을 다 아는 게 아님에도
	처음 보는 외국의 새를 보고 저것이 새라는 것을 알고
	난생처음 접하는 외국의 강아지를 보고도 그게 강아지라는 걸
	바로 알지 않나.
양수아	(고개를 끄덕이며) 화가는 직관을 따라야지.
배동신	처음 보는 외국 강아지 종자는 보자마자 강아지라는 걸

알아보는데 나무는 그렇지 않다는 이야기인가?

사과나무에 사과가 있지 않아도

저건 보자마자 사과나무이네.

최소한 나무이기는 하지.

저것이 나무라는 것 자체를 누가 부정한단 말인가.

강용운 하지만 그 나무라는 것은 무엇이 정의해주는 겁니까?

나뭇잎입니까?

아니면 거친 껍질입니까?

그것도 아니라면 열리는 과일이요?

과일이 열리지 않은 상태에서 무슨 나무인지

알아볼 수 있는 사람이 과연 몇이나 될까요?

우리가 쉽게 나무라고 정의하는 것은 마치

장님이 코끼리 다리를 만지는 것과 같다고 생각합니다.

양수아 하긴. 나무가 공장에서 나오는 균일한 제품은 아니니까.

강용운 어떤 대상을 그리는 그림쟁이로서 참 어려운 문제입니다.

세상 그 어떤 것도 정형화되어 있는 건 없습니다.

정형화되어 있는 형식보다 중요한 건 본질 아닐까요?

'어떻게' 그리는 것보다

'무엇을' 그리냐가 그래서 중요한 겁니다.

배동신 많은 경우에 '무엇을' 그리는지는 명확하네.

강용운 저는 그렇게 생각하지 않아요.

배동신 당연하지!

	자네는 추상화를 그리려고 하니까!
강용운	저 작은 캔버스에 모든 걸 담을 수 없다면
	어차피 화가의 작업은 시작부터 선택의 연속입니다.
배동신	그 선택이 자칫 현실을 왜곡하는 것이라면?
	눈앞에 뻔히 보이는 것을 억지로 변형하는 것이라면
	어쩌겠나.
양수아	(과실주를 마신 후) '보는 것'이 어떤 행위인지부터 생각해보면 어떻
	겠는가.
배동신	그건 또 무슨 소리인가?
양수아	존 버거라는 미술평론가가 쓴 《보는 것이란 무엇인가》라는
	책을 본 적이 있다네.
	그 책을 보면 이런 말이 있지.
	'본다는 것'은 '눈'이 하는 것인가 아니면 '뇌'가 하는 것인가?
배동신	(강용운을 흘겨보며) 저 친구가 한 말보다는 훨씬 재미있는 질문이
	군.
강용운	양 형이 하는 말은 취해 있지 않으면 항상 재미있죠.
양수아	나는 항상 취해지지 않네.
	나도 술을 못 마시지만 술도 나를 못 받아들이거든.
배동신	그나저나 내 맥주는 대체 언제 오는 건가?
양수아	대상을 지각하는 것은 '눈'이지만
	그 대상을 이해하고 정의하는 것은 '뇌'가 하는 것이다.
	대상에 관하여 '눈'은 순간을,

'뇌'는 정보들을 재배치하는 것이다.

배동신   (강용운의 소주잔을 자신이 마시며) 그건 그저 영화를 만드는 아마추
            어들이 하는 말 아닌가.

강용운   직관적인 것은 물론 중요합니다.
            다만 화가로서 눈앞의 대상을 그릴 때 그 대상의 다른 측면에 대
            해서도 생각해봐야 할 고민이 필요하다는 것이지요.

양수아   대상에 대해 더 알아야 할 필요가 있다?

강용운   사실 우리는 눈앞의 대상에 대해 아무것도 모르고 있을 수 있죠.

배동신   꼭 모든 걸 다 알아야 하나?

강용운   본질을 파악하려면 필수적이 아닐까요?
            그림을 그리는 대상의 겉모습만 가지고는
            그 대상을 온전히 안다고 할 수는 없지 않습니까?

양수아   (손뼉을 치며) 그래서 나무를 그리기 전에 나무가 하는 말을 들어야
            한다는 거군!

배동신   나무가 말을 해주면 말일세.
            (사이)
            모든 그림에 의식이 들어갈 필요는 없어.

강용운   물론 그렇습니다.

양수아   자네의 결론은 '어떻게' 그리냐가 중요한 것이 아니라
            '무엇을' 그리냐가 중요하다?

강용운   그렇습니다!
            우리가 그리려는 대상은 다양한 얼굴을 가지고 있으니까요.

배동신   자네가 지금까지 오지호 선생님과 추상화에 대해

이러한 내용으로 설전을 벌이고 있다 이거지?

고개를 끄덕이는 강용운

이때, 무대 위로 다시 천 작가가 등장한다.

양손에 홍어와 맥주를 가득 들고 들어오는 천 작가

그런 천 작가를 보고 박수와 환호성을 보내는 세 사람

동시에 자정을 알리는 사이렌 소리가 들린다.

사이렌 소리 (E)

'살롱'의 조명이 점점 어두워지며 암전

'마당'의 조명만이 사과나무를 보여준다.

'마당'을 비추던 조명도 점점 어두워지며 암전

2막

라디오 소리와 함께 '살롱'의 조명이 점점 밝아진다.

테이블 위에 홍어와 여러 가지 술들이 올려져 있다.

라디오 ⒠	새날, 새로운 오늘의 뉴스입니다.
	지난달 3월 15일 대통령 선거에 대한 부정선거 여부를 묻는 시위
	소요가 서울 혜화동 그리고 돈암동 인근에서 서울대학교 학생들
	과 성균관대학교 학생들을 중심으로 멈출 기세를 보이지 않고 있
	습니다. 이에 이기붕 부통령은 계엄령을 연장할 뜻을 밝히며 인
	근 주민들과 어린 학생들에게 외출을 자제할 것을 명하였습니다.
천 작가	왜 항상 뉴스는 똑같은 것일까요?
강용운	뉴스가 똑같아?
천 작가	매일 매일 듣는 뉴스는 '뉴스'라는 말과는 달리
	늘 똑같잖아요.
배동신	우리 삶 자체가 매일 똑같지 않은가.
양수아	그런 이유인가?
	그런 이유로 강용운이 밑에서 추상화를 배우려는 건가?
천 작가	(고개를 살짝 끄덕이며) 저는 예술은 새로운 것이어야 한다고 생각해
	요.
	선생님 말씀대로 우리의 삶이 늘 똑같다면 더더욱이요.
	카프카가 예술가의 덕목에 대해 한 말이 있잖아요.
양수아	예술가는 두껍게 얼어붙은 호숫가를 맨손으로 도끼질하는
	사람이어야 한다….
배동신	그럼 죽어!

강용운	손도 얼얼할 테고요.
양수아	천 작가는 추상화를 그리는 것이 세상에 변화를 가져오는 것이라 생각하나 보군.
천 작가	시대가 변했으니까요.
배동신	시대가 변해?
	아까는 매일이 똑같다며….
천 작가	사람들의 삶은 그대로지만 자연의 큰 질서에는 분명 큰 변화가 오고 있어요.
배동신	세상에! 화가가 아니라 철학자이구만!
양수아	(박수를 치며) 도깨비 대학다워! 도깨비 대학답네!
천 작가	지금 밖을 나가보세요.
배동신	(맥주를 마시며) 자정이 넘었어. 밖에 나가면 안 돼.
강용운	(천 작가를 보며) 지금 오지호 선생님으로 빙의했네.
천 작가	학생들이 세상을 바꾸려고 고사리 같은 손을 들고 소리치고 있잖아요! 저도 같은 학생이지만 저보다 더 어린 학생들이 민주주의를 위해, 이 나라의 미래를 위해 용기 있게 거리로 나왔다는 건 참 대단한 것 같아요!
강용운	자기 개인의 이익이 아니라 민주주의라는 거대한 담론을 부르짖으며 저렇게 어린 학생들이 거리로 나오다니!
배동신	왜정 때도 우리 부모님들은 거리로 나가 만세를 외쳤네.
양수아	한 폭의 그림이지!
배동신	민주주의라….

강용운	역시 참 어려운 단어가 아닙니까. 민주주의.
	정작 우리는 민주주의에 대해 제대로 이해하고 있는 걸까요?
천 작가	교수님! 지금 시국에서는 자칫 학생들을 무시하는 말일 수도 있어요!
배동신	역시 또 생각을 해보자는 말이지.
	이번에는 그 대상이 민주주의이군.
	사과나무보다는 까다롭군.
	일단 눈에 보이지 않는 대상이니 말이야.
강용운	민주주의를 그림으로 그려야 한다고 가정해 보죠.
천 작가	막막하네요.
	어떻게 그려야 할까요?
배동신	(손을 저으며) 그게 아니지.
양수아	(빙그레 웃으며) '어떻게' 그려야 하는 게 중요한 게 아니라
강용운	'무엇을' 그려야 하는지가 중요하지.
	천 작가.
	'민주주의' 하면 뭐가 떠오르나?
천 작가	시위요.
양수아	(고개를 끄덕이며) 아무래도 때가 때이니만큼.
배동신	들라크루아의 〈민중을 이끄는 자유의 여신〉 같은 이미지?
천 작가	제가 감히 어떻게 그런 그림을 그리겠어요.
양수아	(미소를 지으며) 또 '어떻게'라는 단어를 쓰는군.
	우리 가면 강용운 저 친구한테 혼나겠구만.

강용운	자고로 언어는 사고를 가두는 감옥이죠.
배동신	그래서 지나치게 사유하는 게 오히려 독이라는 거야.
강용운	천 작가.
	아까 홍어를 사러 양동시장에 갔을 때 사람들이 시위를 하고 있었나?
천 작가	아, 아니요.
강용운	밖에 사람들은 많았나?
천 작가	별로 없었어요.
강용운	양동시장에? 시장인데 사람이 없었어?
천 작가	아무래도 늦은 시간이었으니까요.
강용운	아무튼 자네 말은 오늘 자네는 사람들이 시위하는 모습은 보지 못했다는 거군.
천 작가	네.
강용운	그러면 자네가 오늘 밖에 나가서 본 모습은 무엇이지?
천 작가	침묵이요.
배동신	민주주의의 또 다른 모습이지.
양수아	침묵….
	대도시의 고요….
강용운	아무 소리도 들리지 않았군.
	그것이 자네가 생각하는 민주주의인가?
	방금까지 자네가 정의한 민주주의라는 대상이 맞나?
양수아	밤이 속삭이는군.

	기분이 아주 묘해.
강용운	자네는 민주주의를 저 캔버스에 그릴 수 있겠나?
배동신	추상화가 필요한 순간이군.
강용운	'무엇을' 그려야 하는지가 가장 중요한 순간이죠.
양수아	사람들마다 생각하는 '민주주의'는 다 다르니만큼.
배동신	아까 들라크루아 그림을 이야기했지만
	사실 예전부터 다 존재해왔던 것 아닌가.
	중세의 종교화나 근대의 전쟁을 묘사한 그림들 역시
	다 화가가 생각한 이미지를 상상해서 그리는 것 아닌가.
강용운	상상과 추상은 다릅니다.
배동신	결국은 눈앞에 있는 것을 그대로 그리지 않는다는 점에서는
	다 똑같지 않나.
강용운	상상은 아예 실재하지 않는 것에 대한 것이지만
	추상은 실재하는 것에 대한 다른 시각에 가깝습니다.
	(천 작가를 보며) 무슨 말인지 이해하나?
천 작가	교수님께서는 늘 제가 생각하지 못했던 새로운 것을 이야기해 주세요.
양수아	(과실주를 또 한잔 비우며) 학장에 매료된 학생이구만.
	배움이란 무릇 종교와도 같지.
	최초의 대학이 성당이었고 최초의 학장이 교황이었으니 말이야.
천 작가	왠지 말씀에 뼈가 있는 것 같아요.
배동신	(강용운을 가리키며) 자네 지도교수가 자신만의 시각을 가지듯이 자

	네도 무조건 강용운 이 친구 말에 맞장구치지 말라는 말이야.
양수아	(미소를 지으며) 나는 중립일세.
	가끔 코러스나 넣어주겠네.
천 작가	배 선생님 말씀도 무슨 말씀인지 잘 알겠습니다.
	다만 저는 여기 계신 선생님들에 비해 아직 젊은 사람으로서
	예전의 질서를 답습하는 규칙보다는 새로운 그림에
	관심이 더 있습니다.
배동신	추상이 그 새로움을 대변한다는 건가?
	(천 작가가 고개를 끄덕이자) 새롭다는 것이 얼마나
	새롭지 않은지를 모르나?
	'고전주의'라고 불렸던 것이 두 세대만 지나면 다시
	'신고전주의'라는 이름으로 새롭게 유행하네.
	(소주를 혼자 마시고 있는 강용운을 가리키며) 저 친구가 아무 일도 없
	었다는 듯 말을 안 하고 있으니 나도 저 친구가 했던 방식 그대로
	자네에게 이야기해 보겠네.
	('마당'의 사과나무를 가리키며) 저 창밖을 보게.

'마당'의 조명이 켜진다.

배동신	저 창밖 세상과 함께 저기 저 사과나무인지 뭔지를 보라고.
	길거리 사람들의 외침 못지않게 저 나무도 세상의 변화를 느끼는
	게 하는 도구일걸세.

	저 나무도 세상의 일부분이니까.
강용운	물론 그렇다고 할 수 있죠.
배동신	나무도 변화하고 있지.
	하지만 잘 생각해보게. 진정한 나무의 변화에 대해 말이야.
	점점 발전하는 것 같지만 사실 같은 걸 반복할 뿐일 수도 있어.
	봄에는 새순이 돋고 여름에는 잎이 무성해지고
	가을에는 과일이 열리지. 겨울엔 모든 것이 다 사라지고.
	3개월에 한 번씩 변화하고 있네.
	하지만 그게 진화를 의미하는 건 아니지 않은가.
	새롭다는 것 자체가 사실 새롭지 않은 거네.
	과연 진화하는 것이라고 볼 수 있을까?
강용운	나무는 그럴 수도 있죠.
양수아	사과는 점점 맛있어지네.
배동신	사과?
양수아	(사과주를 들어 보이며) 저 나무에서 딴 사과로 담근
	사과주가 매년 점점 맛이 달라지고 있거든.
강용운	(껄껄거리고 웃으며) 사과만 진화되고 있군요.
배동신	이 도깨비 대학에서 미술이 아니라
	진화론에 대한 실험을 하고 있었군!
양수아	(배동신 가까이 다가가 과실주를 보이며)
	어디 한 잔 할 텐가?
배동신	됐네. 그게 무슨 술인가? 주스 같은 걸 어디─

양수아	(다시 자기 자리에 앉으며) 싫으면 됐네—
	진화의 피조물을 맛보지 않겠다면 그러라지 뭐.
배동신	대체 우리가 무슨 말을 주고받고 있는 건가?
강용운	예술에 대한 이야기죠.
양수아	안주 삼아 하는 대화네.
배동신	의미가 없어.
	단어들만 그냥 허공에 떠돌고 있지 않나.
강용운	그게 지금 이곳 이 시간 그리고 우리의 본질입니다.
천 작가	그렇게 말씀하시니 뭔가 슬퍼요.
양수아	하찮게 느껴지는군.
강용운	하지만 그게 진실입니다. 우리가 외면하는 본질이고요.
	사실 우리 스스로가 하나의 추상화인 거죠.
배동신	목이 마르군.
	(맥주를 들이켠 후) 이제야 속이 시원하군.
강용운	홍어도 좀 드세요.
배동신	(홍어를 한 입 먹은 후) 화순 홍어가 아닌 게 참 아쉬워.
강용운	화순 홍어라고 생각하고 씹으세요.
	이 홍어가 '무엇'이라고 생각하는 건 먹는 사람의 선택에 따른 것
	아니겠습니까.
배동신	(미소를 지으며) 식사마저 추상적이구만!
양수아	잠시 쉬어가는 의미에서 건배나 할까요?

각자 술잔을 들어 건배를 하는 네 사람

배동신　　　(테이블 위 신문을 손으로 툭툭 치며) 이런 논쟁을 연초부터 계속하고
　　　　　　있는 거야?

강용운　　　덕분에 오지호 선생님께 많이 배우고 있습니다.

배동신　　　그림에는 진심이신 분이니까.

양수아　　　젊은 후배의 도전을 받아준다는 것 자체가 굉장한 거죠.

강용운　　　두 형님들도 그렇고 이곳 빛고을에는 훌륭한 화가 선생님들이 너
　　　　　　무 많습니다.

배동신　　　오 선생님께서 그래도 가만히 계시지는 않으셨을 텐데….

강용운　　　아주 격렬하게 논쟁 중이지요.

　　　　　　(천 작가를 보며) 덕분에 제 글을 교정본다고 이 친구도 고생 중입니
　　　　　　다.

배동신　　　정말 못된 교수로구만.

　　　　　　그림을 아예 못 그리게 하려고 작정했어.

천 작가　　　아, 아닙니다.

　　　　　　두 분 선생님의 말씀을 듣는 것만으로도 영광인 걸요.

양수아　　　강용운 씨.

　　　　　　신도 하나는 정말 잘 뒀어.

강용운　　　앞으로 한국 추상화를 빛내주길 바랄 뿐입니다.

배동신　　　오 선생님께서도 이곳 도깨비 대학에 온 적이 있나?

강용운　　　그럼요.

	사실은 신문 지면이 아니라 처음 이곳에 오신 날부터
	구상과 비구상에 대한 싸움이 시작된 걸요.
양수아	뭐라고 하셨는지 무척 궁금한데.
배동신	그렇지! 선생님은 양수아 자네가 첫 정을 준 스승님이기도 하니까!
강용운	사실 배 형 말이 맞아요.
배동신	뭐가?
강용운	세상에 새로운 건 없다는 말.

양수아   뭐라고 하셨는지 무척 궁금한데.

배동신   그렇지! 선생님은 양수아 자네가 첫 정을 준 스승님이기도 하니
             까!

강용운   사실 배 형 말이 맞아요.

배동신   뭐가?

강용운   세상에 새로운 건 없다는 말.

             뉴스는 매일 매일 사실 다 똑같죠.

             그날도 저는 아까까지 했던 추상화에 대한 내 생각을 이야기했습
             니다.

배동신   그래서 뭐라고 하시던가?

천 작가   *(강용운이 눈짓을 하자 갑자기 자리에서 일어나 목소리를 낮게 깔고 큰 소
             리로)* 추상이란 도안에 불과한 거야!

             그림의 가장 기본은 구상이네.

             구상이 아닌 것은 추상이든 무엇이든 그림이 아니라고!

천 작가의 모사를 보고 크게 웃기 시작하는 배동신과 양수아

강용운   *(역시 자리에서 일어나며)* 그래서 제가 이렇게 답했죠.

             모든 풍경이란 옮겨 그려지는 그 순간부터 추상인 겁니다.

천 작가   *(계속 모사를 하며)* 추상이란 그저 보여주는 것.

영화와 진배없네.

영화라는 게 뭔가. 그냥 남자의 근육과 여인의 속살만을
보여주는 것 아닌가.

추상이란 그저 퇴폐야. 피카소는 바로 그 퇴폐의 두목이고.

배동신	(양수아를 보며) 세상에! 이거 어쩌나!
	양수아 자네. '한국의 피카소'라고 불리지 않나.
	다시 보니 퇴폐 왕이구만!
양수아	그래서 뭐라고 받아쳤나?
강용운	정신의 진보와 기술의 발전이 퇴폐에 불과하다면
	저는 그냥 동굴에 들어가 살아야겠습니다.

'와아ー!' 하며 다시 크게 웃는 배동신과 양수아

배동신	정말 건방진 친구야! 진심이네! 자네는 정말 건방져!
	그래서 내가 자네를 좋아하고 말이야.
강용운	끝나고 다 화해했습니다.
천 작가	흥! 한심한 녀석!
	공허한 도안에 천착하다니! 한심하구나!
강용운	선생님께서도 참 앞뒤가 안 맞으십니다.
천 작가	앞뒤가 안 맞다니 뭐가!
강용운	구상이 진정한 그림이고 무릇 그림이란 사진처럼 있는 그대로를
	보여줘야 한다면서 영화는 왜 폄하하시는 겁니까.

	영화는 활동사진이고 결국 있는 그대로의 사진이 움직이는 것뿐 아닙니까.
천 작가	영화는 예술이 아니야!
	움직이게 한다는 것은 인위적 아닌가.
강용운	그림도 결국 보는 사람으로 하여금 살아 움직이는 듯 보이는 게 목표 아닙니까?
천 작가	그림 자체가 움직이지는 않지.
	그림이 먼저 움직이면 관객은 수동적이 되네.
	자고로 진정한 그림이란 관객이 스스로 생각하게 해야 해.
강용운	그게 바로 추상화가 추구하는 바입니다.
천 작가	억지스러운 궤변이군.
	자네 말대로라면 있는 그대로의 풍경을 보면 아무런 생각을 할 수 없단 말인가.
강용운	중요한 것은 마음입니다.
배동신,양수아	마음?
강용운	마음을 움직여 감동을 주는 것이 추상입니다.

짧은 정적

다시 자리에 앉는 강용운과 천 작가

양수아	(짧게 박수를 친 후) 정답이 없는 문제구만.
배동신	양 선생. 자네는 어떻게 생각하나?

	오지호 선생님의 수제자로서 말이야.
양수아	난 오지호 선생님 밑에도 있었지만 미야모토 선생 밑에서도 배운 사람이외다.
배동신	(양수아의 등을 치며) 선생님 말씀이 유쾌하게 들리지는 않았나 보오.
양수아	(과실주를 들이키며) 퇴폐는 좀 너무하신 말씀 같아.
강용운	선생님 말씀이 틀리신 말씀은 아닙니다. 선생님은 구상에 치중하시고 저는 추상에 치중할 뿐이지요.
배동신	다시 말하지만 나도 사실 구상이 더 중요하다고 생각하네. 선생님 말씀에 깊이 동의하는 바고 (테이블 위 신문을 가리키며) 그래서 신문에 나온 선생님의 입장을 더해서 나도 구상의 편을 들어본 것이네.
양수아	그렇지. 편을 드는 것뿐이지 누가 멸망하기를 바라는 건 아니니까….
천 작가	여기 광주에서, 그것도 이 도깨비 대학에서 이런 이야기를 들을 수 있다는 게 솔직히 너무 뿌듯해요.
배동신	그러면 이제 저 캔버스를 채워야겠구만.

그 말과 동시에 일제히 '마당'의 캔버스를 바라보는 네 사람
'살롱'의 조명이 다소 어두워진다.

배동신	본질이라….
	'무엇'이든 우선 찾아야겠군.
강용운	저 나무가 하는 말이 들립니까?
배동신	(말없이 바라보다가) 우는 것 같은데….
	(사이)
	사실 내가 우는 것이겠지.
양수아	4월은 잔인한 달!
배동신	(맥주를 마신 후) 집사람이 보고 싶네.
	일본에 있는 집사람이 보고 싶어.
양수아	나무가 뭐라고 하는지는 모르겠지만
	나뭇잎들이 보이는군.
배동신	거짓말 좀 하지 말게.
양수아	정말이야.
	상상이 되네. 그림이 눈앞에 펼쳐져.
배동신	추상은 아니군 그래.
양수아	나는 상상으로 만족하겠네.
	어차피 정답은 없는 것 아닌가.
	결국에 그림이란 다 자기 마음으로 느끼는 것.
배동신	(코웃음을 치며) 위조지폐나 그리는 자네답군.
	현실에 타협하다니.
양수아	거, 잊을 만하면 위조지폐. 위조지폐 하는데.
	그 표현 좀 쓰지 말게.

구상을 하는 사람은 다 위조지폐범인가?

배동신   (빙그레 웃으며) 같은 업자끼리 왜 그러나?

                    (강용운을 보며) 자네는 우리 같은 위조지폐범은 안 될 테니

                    안심이겠어.

강용운   대신에 공수표를 남발하죠.

그 말에 크게 웃는 네 사람

바로 크게 하품을 하는 천 작가

배동신   저 친구. 피곤한가 봐.

강용운   시간이 어떻게 됐나요?

양수아   밤을 꼬박 새웠구만.

                    나도 피곤하네.

강용운   잘 시간이 됐군요.

천 작가   시간이 늦으셨어요.

양수아   피곤하구만.

배동신   그렇군. 눈을 감을 시간이 됐어.

강용운   이만 눈을 감아야겠네.

'살롱'의 조명이 서서히 꺼진다. 암전

'마당'의 조명이 사과나무를 잠시 비추고 모두 암전

3막

'마당' 조명만이 켜진다.

라디오 (E)　　지난달 3월 15일 대통령 선거에 대한 부정선거 여부를 묻는 시위 소요가 서울 혜화동 그리고 돈암동 인근에서 서울대학교 학생들과 성균관대학교 학생들을 중심으로 멈출 기세를 보이지 않고 있습니다. 이에 이기붕 부통령은 계엄령을 연장할 뜻을 밝히며 인근 주민들과 어린 학생들에게 외출을 자제할 것을 명하였습니다.

라디오 뉴스가 끝나고
무대 위로 등장하는 천 작가
사과나무 앞으로 걸어간다.
천 작가가 고개를 들어 사과나무를 올려다보고 있을 때
강용운이 무대 위로 등장한다.

강용운　　(천 작가에게 다가가며) **여전히 잘 안 그려지나?**
천 작가　　(뒤를 돌아보며) **오셨어요?**
　　　　　　계속 보고 있어요.

강용운	그래서… 저 친구가 자네한테 뭐라고 말을 하던가?
천 작가	(웃으며) 아니요. 아직은요.
강용운	그냥 보이는 대로 그려도 돼.
	구상이든 추상이든 정답은 없네.
	추상은 또 다른 구상이지 구상을 이겨야 하는 건 아니야.
	자네도 알겠지만 다들 아직 추상의 가치를 인정하려 하지 않아서
	내가 선생님께 대들고 있는 것뿐이네.
천 작가	교수님.
	솔직히 이해하기 힘들어요.
	눈앞에 보이는 것이 다가 아니고
	대상의 본질을 파악해야 한다는 게 말이에요.
	본질을 파악하면 그림은 완성되는 건가요?
강용운	(캔버스를 가리키며) 화가는 이 안에 작은 세계를 만드는 사람이네.
	이 작은 틀 안을 벗어날 수 없다고.
	우리 같은 화가는 어차피 선택을 해야 하네.
	그렇다면 대상도 선택할 수밖에 없겠지.
	화가는 자신의 눈으로 대상을 알려고 해야 해.
천 작가	자신의 눈이요?
강용운	어차피 대상에 대해서는 다 알 수 없네.
	내가 자네라는 사람을 다 알 수 있겠나.
	자네가 저 나무에 대해서 온전히 다 이해할 수 있겠나.
	내 앞의 대상은 무궁무진한 바다와 같네.

그 바다를 알아가기 위해 보다 깊숙이 들어가지만

그만큼 그 안에서 길을 잃을 뿐이지.

(사이)

그렇다고 하늘 위에서 바라보는 바다가 진짜인가?

어쨌든 바다를 알고자 하면 바다 속으로 들어가는 게

맞는 거니까. 설령 그 안에서 계속 헤맨다고 해도 말이지.

본질을 파악하는 것에 대해 착각하면 안 되네.

본질을 파악한다는 건 정답을 구하는 게 아니야.

오히려 계속해서 질문이 쌓여가는 거지.

창밖으로 사람들이 시위하는 소리가 들린다. (E)

강용운   대통령이 하야하면 민주주의가 완성되는 건가?

그러면 더 이상 후대에는 사람들이 시위를 하지 않는

태평성대가 올까?

(고개를 저으며) 그렇지 않을 걸세.

오히려 지금의 경험을 바탕으로 앞으로 더 잦은 시위와

더 격한 사회운동이 따를 걸세.

하지만 그게 민주주의 아닌가.

그림을 그린다는 것도 마찬가지라고 생각하네.

정답을 구하려고 하지 말게.

자네는 죽을 때까지 답을 알지 못할 거네.

	계속해서 본질을 찾으며 그리고 그리고 또 그려야 할 거야.
천 작가	무엇을 그려야 할까요?
강용운	저 나무를 다 그리려고 하지 말게.
	자네는 저 나무의 무엇을 그리겠나.
	뿌리?
	줄기?
	껍질?
	잎사귀?
	아니면 아직 있지도 않은 열매?
	누구보다 자네 스스로가 잘 알겠지.
	그 시선에 충실하게.
	그 어떤 거짓이나 가식도 넣지 말고.
	처음 느낀 대로, 처음 생각한 대로 그리려고 노력하게.
	형태, 구도, 색 모두 자네 스스로에게 솔직하도록 해!
천 작가	어떻게요?
강용운	(빙그레 웃으며) 배동신 선생과 양수아 선생이
	뭘 보고 들었는지 기억하나?
	배동신 선생이 왜 슬퍼하고
	양수아 선생은 왜 하필 잎사귀를 떠올렸겠나.
	수많은 '얼굴' 중에 자네의 '얼굴'을 찾으면 되네.
천 작가	제 자신을 그리면 되는 건가요?!
강용운	다시 묻겠네.
	저 나무는 무엇인가?

천 작가	사과나무요.
강용운	자네가 그렇게 생각하는 이유는?
천 작가	사과가 있으니까요.
	아니, 있어야 하니까요!
강용운	사과가 없음에도 저 나무가 사과나무인 이유는
	결국 '사과' 때문이군….
천 작가	(말없이 고개를 끄덕인다)
강용운	(한숨을 한번 쉰 후) 자네….
	욕심이 많은 사람이군.
천 작가	(당황하며) 네?!
강용운	자네는 과실부터 따지는 사람인가 보군.
	처음부터 끝까지 사과만 생각하니 말이야.
	보기와 다르게 욕심쟁이야!
천 작가	(손사래를 치며) 아, 아니에요. 교수님.
	아니에요. 저는 그런 사람이 아니에요.
강용운	(미소를 지으며) 농담이네.
	(사이)
	그래도 두고 봐야지.
	내가 자네라는 사람의 본질을 꿰뚫어 본 것 같으니 말이야.
천 작가	교수님!
강용운	(껄껄거리며 웃으며) 늦었네.
	빨리 옷 가지고 나오게. 이러다 수업 늦겠어.

무대에서 퇴장하는 강용운과 천 작가

사과나무가 관객들에게 말을 건네기 시작한다.

새가 지저귀는 소리 (E)

바람이 부는 소리 (E)

엿장수가 엿가위를 치는 소리 (E)

어린아이들이 까르르 웃으며 뛰어노는 소리 (E)

민주주의를 외치는 시위대의 함성 소리 (E)

경찰관이 호루라기 부는 소리 (E)

개들이 짖는 소리 (E)

비가 내리는 소리 (E)

엄마가 자장가 불러주는 소리 (E)

다시 새가 지저귀는 소리 (E) 가 순차적으로 들린다.

조명은 서서히 어두워진다.

모든 소리가 멈추고

잠시 정적이 흐른 후

암전

END

유심唯心

2013년 성북문화재단 성북진경 이야기공모 최우수상 수상작

[배경]

일제강점기. 태평양 전쟁 말기

[등장인물]

만해 한용운

육당 최남선

제자 창림(훗날. 춘성스님)

소희

[무대]

서울 성북구 만해 한용운 집 '심우장'

무대 위에 한자로 '심우장'이라 쓰여 있는 현판이 있다.

1막

어느 날 늦은 오후, 노을이 어스름하게 져 있다.

무대 한 가운데에 심우장 건물이 보이고

그 앞에 심우장 건물을 가리지 않는 높이로 대문과 담이 놓여져 있다.

심우장 건물 위로 '심우장'이라는 현판이 보인다.

소희가 조심스레 심우장 대문 앞으로 들어온다.

소희   오라버니.

             (안에 기척이 없자) 오라버니?

             (여전히 기척이 없자 대문 문고리를 두드리며) 오라버니.

             창림 오라버니.

대문을 열고 안에서 창림이 나온다.

창림   이게 무슨 소리여?

             (소희를 보고 놀라더니) 아니 너 소희?

             니가 여긴 어떻게 온 겨?

소희	오라버니. 왜 저를 버리고 가신 거예요?
	오라버니 따라 왔어요.
창림	넌 내가 출가한 걸 모른단 말이여?
	어서 돌아가렴. 고향에 계신 부모님이 얼마나 걱정하시겠니?
	난 이미 출가한 몸이다. 그만 이제 나를 잊거라.
소희	오라버니.
창림	난 들어갈 테니 잘 가라.

소희, 갑자기 바닥에 엎드려 울기 시작한다.
소희가 울자 당황하는 창림.
소희에게 달려들어 소희를 일으켜 세운다.

창림	왜 이러니. 망신스럽게.
소희	오라버니. 저를 버리지 마세요.
	저랑 같이 내려가요.
창림	그것은 아니 될 말이다.
소희	(서럽게 흐느끼며) 오라버니.
창림	다 부처님의 뜻이여.
소희	(창림의 얼굴을 바라보며) 안아주세요.
창림	뭐?
소희	끝내 저를 안 보시겠다면.
	마지막으로. 마지막으로 소녀를 한 번만 안아주세요.

| 창림 | 그, 그래. |

포옹을 하는 두 사람

소희, 창림을 강하게 안고는 한 손으로 창림의 머리를 쓰다듬는다.

소희의 그런 손짓에서 벗어나려고 하는 창림

놓아주려 하지 않는 소희를 뿌리치고 다시 일어난다.

소희	아직 머리를 깎진 않으셨네요.
창림	출가한다고 바로 중이 되는 건 아니여.
소희	(자리에서 일어나 창림 앞에 다가가며) 요 앞에 여관방을 잡았어요.
	마지막 밤을 함께 보내고 싶어요.

아무 말도 못하고 소희를 바라보는 창림.

이때, 안에서 만해 한용운의 목소리가 들린다.

만해	(목소리로만) 춘성아! 밖에서 무얼 하는 거냐!
창림	(깜짝 놀라며) 아! 네!
소희	춘성?
창림	내 법명이여.
소희	촌스러워요.
창림	(대문 문지방에 걸터 서서) 어서 가. 어여.
만해	(목소리로) 배고프다! 밥 먹자!

소희	이따 밤에 다시 올게요.
	하시는 일 다 하시고 나오세요.
창림	알았어. 알았으니까 어여 가랑께.

소희, 퇴장한다.
소희가 떠나는 뒷모습을 물끄러미 바라보다 대문 안으로 들어가는 창림
잠시 후, 육당 최남선이 무대로 들어온다.

육당	(조심스럽게 작은 목소리로) 여보시오─
	(기척이 없자) 여보오─

역시 기척이 없자 말없이 대문 문고리를 두드리는 육당.

창림	(격하게 문을 열고 나와) 망할 년아! 그 새를 기다리지 못해!
	(상대가 육당인 걸 보고는) 죄, 죄송합니다. 어르신.
육당	괜찮네.
	(사이)
	안에 만해 있는가?
창림	스승님이요? 네. 계십니다. 누구시라고 전해 드릴까요?
육당	그냥 옛 벗이 왔다고 전해주시게.
만해	(큰 웃음소리와 함께 대문 밖으로 나와 모습을 드러내며)
	벗이라면 지금도 벗이라야 벗이라고 할 수 있지.

옛 벗이라니 벗이라는 건가 아니라는 건가?

육당   오랜만이네.

만해   실례지만 누구십니까?

육당   나네. 최남선.

만해   최남선? 전 그런 분 모르는데요. 잘못 찾아오셨나 보군요.

(다시 집 안으로 들어가려 하며) 그럼 전 이만.

육당   이보게! 장난이 지나치구먼.

우리 그래도 옛 친구 아닌가!

만해   저는 최남선이라는 사람을 알지 못합니다.

육당   나 육당이네. 이 사람아.

만해   육당은 무슨! 육실헐 이겠지!

왜놈들한테 붙어먹은 육실헐 놈!

육당   (한숨을 한번 쉬고는) 나 좀 도와주게.

(사이)

나 길을 잃은 것 같으이.

만해   길을 잃다니?

육당   여느 날과 같이 집에서 나와 길을 걷고 있었네.

그런데 갑자기 주위가 어두워지면서 눈앞이 캄캄해지는 게 아닌가.

계속 헤매고 또 헤맸네.

그렇게 하루 종일 헤매다 보니 어느새 여기까지 와 버렸네.

정신을 차리니 근처에 자네가 산다는 것이 생각나지 뭔가.

그래서 염치없지만 이렇게 찾아왔네. 부탁이네. 도와주게나.

	난 길을 잃었네!
만해	길을 잃었다?!
육당	그래! 난 길을 잃었네. 여기가 어디인지 또 어디로 가야 하는지
	도통 모르겠네.
만해	알았네.
	들어오시게나.

암전

2막

심우장 앞 대문과 담이 치워져 있고 심우장 건물만이 무대 위에 보인다.

심우장 집 안.

만해와 육당, 서로를 마주보며 앉아 있다.

| 만해 | 길은 왜 잃었나? |

육당	모르겠네.
만해	그럼 언제부터 잃은 건가?
육당	그것도 모르겠네.
만해	길을 잃었다는 건 어디서부터 알게 됐나?
육당	정말로 모르겠네.
만해	모른다?
	(사이)
	자네도 모르는 걸 나보고 어떻게 하라는 건가?
육당	그냥 길만 가르쳐 주게. 길만 찾게 도와주란 말이야.
	난 집으로 돌아가고 싶네!
만해	집?

크게 웃는 만해 한용운

만해	자네는 집이 없는 사람이네. 집이 없는데 집은 찾아 뭐하나.
	또 집으로 갈 길은 뭣 하러 찾고!
육당	내가 집이 없다니. 그 무슨 말인가?
만해	나라 잃은 천한 것들에게 집 따위가 있겠는가.
	나라도 없는데.
육당	나를 비꼬는구만.
	(사이)
	자네도 여기 이렇게 집이 있지 않은가. 이건 집 아닌가.

	(화제를 돌리며) 그나저나 집이 좋구만.
	내 풍문으로만 들었지만 역시 듣던 대로야.
	(만해를 보며 웃는다) 여기는 언제부터 산 건가?
만해	서대문서 나온 후부터.
육당	하긴 서대문서 그 고생을 했으니.
	이제는 편히 지내야지.
만해	바로 여기로 온 건 아니네. 처음엔 그냥 셋방 생활이었지.
	벽산 스님께서 이 땅을 내어주시면서 도와주신 덕이네.
육당	내 들으니 종로의 신문사 사장도 몇 원 주었다지.
	나도 요즘 그 신문사에 글을 쓰고 있다네.
만해	그 신문은 내가 불쏘시개로 잘 쓰고 있지.
육당	(한 번 참고) 말이 나와서 말이네만.
	집은 좋은데 방이 좀 찬 듯 허이.
	(집을 둘러보다) 아니. 이 집 이거 북향 아닌가?
	왜 북향으로 지었나?
	자고로 집은 남향으로 지어야지!
만해	남쪽에는 왜놈들이 있네.
	내 어찌 총독부 건물을 바라보며 살 수 있겠는가!
육당	이 사람아.
만해	육당. 자네가 길을 잃은 건 당연한 거네.
육당	(잠시 말이 없다가) 그러니까 도와주게. 친구 좋다는 게 뭔가.
만해	내가 왜 그래야 하지?

육당	나를 싫어하는 건 둘째 치고.
	자넨 불자가 아닌가. 부처님을 봐서라도 나를 도와주시게나.

잠시 침묵이 흐른다.

만해	나가게.
육당	뭐?
만해	그만 어서 나가게. 지금 당장!
육당	정말 이러긴가?
	내 비록 지금 일본과 손잡고 있다는 말을 듣고는 있네만.
	내 자네와 같이 기미년 만세운동을 같이 했던 사이 아닌가.
	옛정을 생각해서 좀 도와주게.
만해	(웃으며) 육당. 자네 세상에 물이 들어 눈과 귀가 멀었구만.
	난 지금 자네를 도우려고 나가라고 한 거네.
육당	나가라는 게 어떻게 돕는다는 말인가?
만해	길을 잃어버렸으면 길에 나가야지.
	뭐든지 잃어버린 것이 있으면 나가서 찾는 게 이치 아닌가.
육당	됐네.

기분이 나쁜 채로 나가려고 하는 육당

만해	(육당을 잡으며) 지금 자네가 있는 이 집 이름이 뭔가?

육당	이름?
	(현판을 보고서) 심우장 아닌가?
만해	그렇지! 심우장!
	'심우'를 하는 곳. 심우라는 말을 들어보았나?
육당	불자들이 쓰는 말 아닌가.
	자네 같은. 선종의 도를 찾는 도리에서 나온 말이지.
만해	(밝게 웃으며) 그렇지.
	도를 찾는 일을 집 나간 소를 찾는 것에 비유한 것에서 나온 말이네.
	진리가 우리한테서 떨어져 찾아야 하는 것처럼
	키우던 소가 집을 뛰쳐나가면 그 소를 나가서 찾아야 하는 것이네.
육당	10단계의 과정을 기치지 않나?
만해	그렇네.
	소를 찾는 과정을 10단계로 하나씩 하나씩 설명한 것이네.
	도를 찾는 과정인 셈이지. '심우'는 그 첫 번째 단계이네.
	'심우'가 무슨 뜻인지 아시겠지?
육당	일단 나가라는 거지. 나가서 소를 찾으라는 것 아닌가.
만해	그래서 나가라고 한 거네.
육당	하지만 그건 그냥 비유 아닌가.
	진짜로 나간다고 무얼 바로 찾는 건 아니지 않는가.
	그리고 난 길을 잃은 것이지.

	길에서 무엇을 떨어뜨리고 잃어버린 게 아니네.
만해	자넨 길을 잃은 게 아니야!
	자네 자신을 잃어버린 거지.
	길은 언제나 그대로이네.
	길은 그대로인데 그 위를 걷는 사람이 변한 거 아닌가.
	자네를 찾게. 대체 자네는 누구인가?
육당	나?
	나 최남선이네.
만해	아니야. 자넨 내가 알던 최남선이 아니야.
육당	난 최남선일세. 육당 최남선. 어제도 그랬고 오늘도 그렇고
	내일도 나는 육당일세.
만해	이 놈! 아니라니까!
	자넨 변했어. 어제의 육당도 오늘의 자네도 그리고 내일의 육실
	헐 놈도 다 아니네.
육당	대체 무얼 근거로 이렇게 사람을 놀리는 건가?
만해	자네 아까 나와 기미년에 만세 운동한 걸 얘기했는데.
	그때의 자네와 지금의 자네가 같은 사람인가?
육당	(아무 말도 하지 못한다)
만해	대체 자네는 누구인가? 그동안 어떻게 살아왔나?
	자네의 발자취를 다시 생각해보게.
육당	그게 무슨 상관이란 말인가. 더 이상 얘기하기 싫으이.
만해	소를 찾으러 나간 사람이 소를 찾기 위해 무엇을 먼저 해야 하겠

는가.

소가 어디로 갔는지 소가 간 발자취를 따라가야지.

그게 바로 소를 찾아 나서는 '심우' 다음으로 해야 할

두 번째 단계인 '견적'이네.

육당	그러면 잃어버린 것을 찾을 수 있는가?
만해	그렇지. 자네를 찾는 다음 단계인 거네.
육당	(자세를 고쳐 앉으며) 듣다 보니 흥미롭구만.

그래. 발자취는 어떻게 따라가는가?

만해	자네는 시인이니. 자네가 그동안 쓴 글을 보는 것이지.
육당	(순간 말없이 고개를 숙인다)
만해	현해탄을 건너가 학도병으로 뒈지라는 자네의 글.

우리와 왜놈은 뿌리가 같으니 내선일체라는 자네의 글

그것이 자네가 걸어온 자네의 발자취네.

육당	남의 발자취를 함부로 말하지 말게.

나도 명예가 있는 사람이네

내 명예를 알량한 잣대로 짓밟지 말란 말일세.

만해	이제 자네 모습이 보이는가?

이렇게 소가 걸어간 발자국을 따라가면

소가 어디에 있는지 발견하게 되지.

세 번째 단계인 '견우'네.

자기 자신을 다시 발견하는 것이지.

육당	그래서 그 다음은 뭔가?

만해	잡아야지. 잡아야 다시 데려올 거 아닌가.
육당	내가 나를 잡는다?
만해	잡고 나서는 길들여야지. 다시는 도망가지 않게 말이야.
	이게 '득우'와 '목우' 단계이네.
	소를 발견하고 다시 잡아 길들이는 것까지 말이네.

벌떡 자리에서 일어나는 만해

갑자기 죽비를 들어 육당의 어깨를 세게 내리친다.

육당	이게 무슨 짓인가!
만해	네 이놈! 이 육실헐 놈아!
육당	자네 정신 나갔나!
만해	가만있거라. 이 육실헐 소새끼야!
	내 다시는 천방지축으로 나다니지 못하도록 버릇을 단단히 고쳐
	줄 테니.

죽비로 사정없이 육당을 내리치는 만해 한용운

소리를 지르는 육당

육당	이 미친 중대가리 놈이.
만해	어서 정신 차려라! 그리고 나랑 같이 집으로 가자.
	어머니와 아버지가 계시는 집으로 가자구나.

육당	그만하지 못하겠나!
만해	정신 차리거라. 정신 차려.
	대체 어디로 간 게냐?

육당, 거칠게 만해를 밀어낸다.

만해	(몸을 일으키며) 나는 지금 자네가 잃어버린 것을 찾아
	다시 자네에게 되찾아주려 하는 거네.
	잡아서 길들여야 하니 조금만 참게.

육당, 아무 말 없이 자리를 박차고 나가려 한다.

만해	어디 가는가?
육당	난 가겠네. 잘 있게.
만해	날이 어두워졌네. 하루 묵다 가게.
육당	됐네. 자네 말대로 나가서 그 소인지 뭔지나 찾아보겠네.
	(혼잣말로 나가면서) 더벅머리 중놈이 세상 돌아가는 것도 모르고
	지껄이는 꼴이라니.

무대에서 퇴장하는 육당

만해	육당. 안타깝구나. 어쩌나 저렇게 되있는고.

육당 최남선, 춘원 이광수, 벽초 홍명희…

조선의 3대 천재라는 놈들 모두 일본놈 아니면 소련놈에 붙어먹

었으니.

육당 말대로 모두 길을 잃어버렸나 보구나.

(사이)

실은 자기 자신을 잃어버린 것을.

암전

3막

날은 완전히 저물어 어두운 밤이다.

1막과 마찬가지로 다시 대문과 작은 담이 심우장 앞에 놓인다.

대문 밖에서 서로를 마주보고 있는 창림(훗날 춘성스님)과 소희

창림, 고뇌하는 표정으로 말없이 어쩔 줄 몰라 하고 서 있다.

소희	근처 여관방으로 어여 건너오세요.
창림	소희. 왜 나를 흔드는겨? 나는 출가한 몸이여.
소희	사랑하니까요.
창림	사랑?
소희	사랑해요. 오라버니.

정신을 못 차리는 창림

머리를 부여잡고 괴로워한다.

소희	오라버니. 저와 함께 가요.
	오라버니가 이렇게 괴로워하는 거 너무 마음이 아파요.

잠시 침묵이 흐른다.

소희	오라버니….
창림	알았다.
소희	네?
창림	알았다고.
	(잠시 소희 눈치를 살피고) 너 먼저 가 있어.
소희	그럼?
창림	그려… 가자.

소희, 소리를 지르며 창림을 껴안는다.

창림	(다급하게 소희를 떼어놓고는) 너 나 사랑하는 거 맞지?
	나 사랑하지?
소희	사랑해요.
창림	알것다.
	(사이)
	먼저 내려가 있어.
	(사이)
	내 스승님께 인사드리고 따라갈게.
소희	네

소희, 기쁨이 가득한 얼굴로 퇴장한다.

창림	(대문을 열고 문지방 한가운데에 서서 한숨을 쉬고는)
	내가 지금 무얼 하고 있는 거여?
	내가 지금 제대로 걸어가고 있는지 모르것네.

암전

4막

심우장 앞 대문과 담이 치워져 있고 심우장 건물만이 무대 위에 보인다.

심우장 집 안.

심우장 안에 서서 시를 읊고 있는 만해 한용운

오도송(悟道頌)을 읊고 있다.

만해   남아도처시고향(男兒到處是故鄕)

                 남아가 가는 곳은 어디나 고향인 것을

                 기인장재객수중(幾人長在客愁中)

                 그 몇 사람 객수(客愁) 속에 길이 갇혔나.

                 일성갈파삼천계(一聲喝破三千界)

                 한 마디 버럭 질러 삼천세계(三千世界) 뒤흔드니

                 설리도화편편홍(雪裡桃花片片紅)

                 눈 속에 점점이 복사꽃 붉게 지네

만해가 계속 시를 읊으려는 순간, 창림이 기척을 심하게 내면서 안으로 들어온다.

시 읊는 걸 중단하고 말없이 창림을 바라보는 만해

창림, 민망한 헛기침을 한 번 뱉고

눈치를 보더니 크게 만해에게 큰 절을 올린다.

만해	뭐냐?
창림	안녕히 계십시오.
만해	너도 나가냐?
창림	죄송합니다.
만해	넌 또 어디 가게?
창림	다시 속세로 돌아가려 합니다.
만해	너도 뭐 잃어버렸냐?
창림	아닙니다. 다시 되찾으러 가는 겁니다..
만해	(버럭 같이 큰 소리로 화를 내며) 이 미친놈아!
	그게 그 말 아니냐!
	잃어버린 걸 다시 찾으러 나가는 것 아니야!

만해의 고함에 놀라는 창림

만해	(잠시 창림을 보더니 다시 웃는 빛으로 표정이 바뀌면서) **춘성아.**
춘성(창림)	네?
만해	무엇 때문에 그러는 거냐? 왜 다시 속세로 가려는 거야?
춘성	그건 말씀드릴 수 없습니다.
만해	말할 수 없다.
	필시 부끄러운 이유인가 보구나. 그러니 말을 못 하지.

	부끄러운 이유면 하지 않는 거다.
	(사이)
	그래도 나갈 거냐?
춘성	뭐라 드릴 말씀이 없습니다.
만해	그래 알았다.
	(사이)
	대신 여기 잠깐만 앉거라.

나란히 자리에 앉아 마주 보는 두 사람

만해	아까 육당이 왔을 때 나랑 육당이 하던 이야기를 들었느냐?
춘성	얼핏 들었습니다.
	근데 그게 들으려고 한 건 아니고 그냥 들려서….
만해	괜찮다. 괜찮아.
	그럼 무슨 얘기를 나누었는지도 알겠구나.
춘성	네.
만해	나와 육당은 소 찾는 이야기를 했었다.
	소를 길들이는 '목우'까지 이야기를 했었지.
	그 다음이 뭔지는 아냐?
춘성	소를 타고 돌아오는 것입니다.
만해	맞다. '기우귀가'이지.
	그래도 공부는 게을리 하지 않았구나.

소를 찾았으면 다시 소를 데리고 들어와야 하는 법.

자신을 되찾았으면 다시 자신을 붙들고

들어와야 하는 게 당연한 것이다.

아까 육실헐 놈은 그걸 못할 테니 평생 길을 헤맬 것이야.

근데 너도 그럴 거냐?

(우레와 같은 호통소리) 어! 이놈아!

춘성	(어쩔 줄 몰라 하며) 죄, 죄송합니다.
만해	니가 여기 심우장에 온 건 너 자신을 찾기 위해

이 집으로 들어온 것 아니었느냐.

그런데 다시 집을 나가겠다니.

죄송하다는 말을 바로 하는 거 보니 진지하게 생각하지도 않고

나간다는 것일 텐데.

왜 그러는 거냐?

춘성	걱정이 돼서 그렇습니다.
만해	걱정? 뭐가 걱정인데 이 녀석아.
춘성	저를 걱정하실 고향의 부모님이 걱정됩니다.
만해	미친놈. 출가한 놈이 부모 걱정은 뭐 하러 해?!

출가를 거꾸로 하면 뭐냐. 가출이다 이놈아.

진리를 찾아 부모를 떠나 온 놈이

지금에 와서 무슨 부모 걱정이냐. 니 걱정이나 해라.

춘성	왜놈들에게 빼앗긴 이 나라도 걱정이 됩니다.

저 같은 젊은 놈이 차라리 속세로 나가 독립운동을 한다면

그게 더 도움이 되는 일이 아닐는지요.

만해   (다시 갑자기 소리를 지르며) 야! 이 모자란 놈아!

춘성   (놀라서) 엄마야!

만해   (춘성의 놀라는 모습을 보고 낄낄 비웃으며) 못난 놈.

사내놈이 그리 크게 놀라다니.

아서라. 이놈아. 니놈이 무슨 독립운동이냐. 겁만 많은 놈이.

내 니놈이 독립운동 한다고 하면 내가 앞장서 순사한테 일러 못

하게 할 거다.

(잠시 춘성을 꿰뚫어 보다가) 여자 때문이지?

너 계집 때문에 그러는 거 아니냐!

춘성   (어쩔 줄 몰라 하며) 죄, 죄송합니다.

만해   어쩔 수 없지. 사내라면 그게 오히려 자연스러운 것일 수도.

하지만 작은 것 때문에 큰 것을 버리려 하는구나.

이놈아. 너는 출가한 놈이다. 계집은 웬 계집이냐.

춘성   걱정이 되옵니다.

만해   뭐가?

춘성   저를 사랑한다고 합니다.

제가 저를 떠난 걸 알면 스스로 목숨을 끊는다고 하는데….

만해   미친놈!

(죽비를 들어 춘성을 때리며) 이 미친놈아!

이 어리석은 소 새끼야!

넌 출가한 몸이다.

	그런 건 니가 걱정하지 않아도 되는 것이야.
춘성	하지만 걱정이 되는 걸 어떻게 합니까.
만해	니가 찾으려고 하는 소가 너 자신이냐 아니면 그 여자냐?
춘성	(아무 말도 하지 못한다)
만해	너는 너를 찾으러 왔다!
	너를 찾았으면 다른 건 걱정일랑 하지 말거라.
	그게 '망우존인'이다.
	소를 찾아서 집에 붙들어 놨으면 더 이상은 소가 도망가거나 없
	어질 걱정을 하지 말라는 거지.
	너 평생을 소 외양간 앞에서 죽치고 앉아 있을 거냐!
춘성	스승님….
만해	너를 찾았으면 쓸데없는 걱정일랑 말고 부처님께 더욱 더 가까이
	다가갈 궁리나 해라.
춘성	(탄복하여 다시 절을 하며) 스승님!
만해	(춘성에게 다가가 토닥여 일으켜 세우며) 그래야 깨달음을 얻는다.
	그렇게 속세의 잡념을 버려야 한 발 더 진리에 가까워진다.
	그게 '인우구안'
	소를 찾아 진리를 구하는 여덟 번째 단계니라.
	그 깨달음으로 세상을 다시 보게 되지.
	너만의 눈으로 네 마음 속 부처의 눈으로 말이다.
	그렇게 깨달음을 얻고 세상 만물을 꿰뚫어 보는 게
	그 다음 '번복환원'이다.

그렇게 부처가 되는 것이야!

(사이)

여기는 심우당이다.

심우는 집 나간 소를 찾듯이 자신을 찾는 첫 단계.

여기는 모두의 집이다. 이 집에서 쉬다가 깨달음을 얻고

자신과 주위를 둘러보면 된다.

사람은 결국에는 항상 변하기 마련이다.

하지만 이 심우당은 언제나 변함없이 있을 것이다.

(사이)

춘성아.

춘성   예. 스승님.

만해   그러니 가려거든 가거라. 그리고 언제든지 다시 와라.

준비가 되었을 때 오면 된다. 그때 너를 찾으면 된다.

이 심우당은 언제나 늘 여기 있을 것이니.

춘성   (흐느끼기 시작하며) 스승님!

암전

잠시 후, '스승님!'하고 소리를 지르며 곡을 하는 춘성의 외침이 들린다.

5막

시간이 흐르고 1944년의 어느 날.

심우장 건물 앞에 다시 대문과 담이 놓여 있다.

심우당 앞에 상중이라는 표식이 걸린다.

한용운의 장례식 중

육당 최남선이 초췌한 얼굴로 다시 무대에 등장

육당   (조심스럽게) **여보게― 여보게―**

안에서는 대답이 없다.

육당   (대문 가까이 다가가) **여보게―**

역시 대답이 없다.

육당, 대문을 두드린다.

하지만 안에서는 답이나 기척이 없다.

기다리다 못해 문을 열고 들어가려 하는 육당

그때, 안에서 춘성이 나온다.

손에 항아리 하나를 들고 나오는 춘성.

춘성의 머리는 다 깎여 있다.

춘성	(육당을 알아보고) 그간 무탈하셨는지요?
육당	(답례를 하며) 아… 네….
춘성	스승님을 찾아 오셨습니까?
육당	소식 듣고 왔습니다.
	만해가 입적은 잘 했는지요?
춘성	덕분에 잘 가셨습니다.
육당	어떻게… 평온하게 지내다 갔는지요?
춘성	(밝게 웃으며) 네. 평화롭게 가셨습니다.
육당	(뜸을 들이다) 그래도 고초를 많이 겪었을 텐데….
	스님께서도 요시찰 대상이시라고 들었습니다만.
춘성	역시 덕분입니다.
육당	스님.
	이만 다른 곳으로 옮기시죠.
	언제까지 이렇게 지내실 겁니까?
춘성	저는 괜찮습니다.
육당	괜찮긴요. 제가 다 압니다.
	만해 그 친구야 워낙 고집불통이어서 그렇다 쳐도
	스님께서는 아직 젊으시지 않습니까.

여기가 아니어도 부처님의 말씀을 전할 방법은 많습니다.

왜 어려운 길을 자초하십니까?

춘성   여기가 제 집인 걸요.

육당   스님!

춘성   전 아직 이 심우장에 있어야 합니다.

육당   만해도 입적을 했고 이제 굳이 이곳에 있으실 필요 없습니다.

그리고

여긴 절간도 아니지 않습니까.

춘성   절보다 더 좋은 곳이지요. 아늑한 집이지 않습니까!

그리고 심우장은 만해 스승님만의 집이 아닙니다.

우리 모든 중생들을 위한 곳이지요.

스승님께서 안 계시니 당연히 제가 있어야 하지 않겠습니까.

육당   (춘성이 들고 있는 항아리를 가리키며) 그러다 저 친구 꼴 납니다.

외롭고 쓸쓸히 냉대와 무관심만을 받으며 사라지실 겁니다.

지금 저 친구를 보세요.

소를 찾기는커녕 저 비좁은 항아리 속에 갇혀버리지 않았습니까!

춘성   갇히시다뇨. 만해 스승님께서는 이제 자유로운 몸이 되실 겁니다.

제가 저 삼각산에 올라가 스승님을 올려드릴 겁니다.

바람을 타시고 여기저기 다니시면서

부처님의 뜻을 전하실 텐데요.

조선 팔도 온 백성들과 중생들을 위해 자유로이 다니실 겁니다.

육당	그게 그 친구 뜻이었습니까?
춘성	그리고 이것이 소를 찾는 마지막 단계입니다.
	소를 찾아 다시 자신에게 붙들어 매고 다시 한 번 자신을 돌아보
	며 깨달음을 얻은 후에 자신의 깨달음을 남에게 나누는 것.
	'입전수수'입니다.
	밖으로 이제 나가는 것이지요.
육당	밖으로 나가는 건 저도 해보았습니다.
	그날 저도 나가라 그래서 나갔단 말이요.
춘성	깨달음을 얻고 나가는 것과
	속세에 눈이 멀어 속세를 쫓아나가는 것.
	그 둘이 어찌 같겠습니까.
육당	(깨달음의 탄성을 지른다)
춘성	선생님 부디 안녕하십시오.
	길을 잘 찾아 댁으로 돌아가시기를 기원합니다.

춘성, 육당을 제치고 항아리를 들고 퇴장한다.

혼자 남겨진 육당, 말없이 대문 열린 심우장을 바라본다.

대문이 열린 심우장 앞에서 한참을 서 있는 육당 최남선.

적막 속에 천천히 무대가 어두워진다.

암전

END

귀신과 괴물들의 밤

[배경]

1592년 임진년 경상남도 진주성

[등장인물]

소서행장[小西行長]   일본군 총사령관. 세례명 아우구스티노.

세스페데스   포도아(葡萄牙, 포르투칼) 출신의 일본군 종군 가톨릭 신부

가네모토[金本]   일본으로 전향한 조선인 장수.

전령   일본인 병사

그리고 논개

[무대]

진주성 앞으로 진주 남강(南江)이 흐르고 있다.

무대 한가운데 큰 주장대(主將臺) 건물이 있고

주장대에는 촉석루(矗石樓)라고 쓰인 한문 간판이 걸려 있다.

주장대를 오르는 계단 맨 위에 왕좌(王座) 같은 큰 의자가 자리하고 있다.

무대 전체를 밝히는 조명 외에 핀 조명이 따로 있어야 한다.

1막

핀 조명 하나가 켜진다.

핀 조명과 함께 모습을 드러내는 논개

논개　　　　여보세요? 여기 아무도 없나요?

　　　　　　(주변을 둘러보며) 제 말 들리세요? 아무도 내 말이 안 들리나요?

　　　　　　(사이)

　　　　　　아무도 없구나. 아무것도 남은 것이 없어.

남강(南江)이 흐르는 소리만 들린다.

논개　　　　구슬피 우는 소리밖에 안 들리는구나.

　　　　　　모든 것이 사라지고 홀로 남은 저 남강의 울부짖는 소리.

　　　　　　앞으로 내가 매일 듣게 될 소리겠구나.

　　　　　　(아래를 내려다보며) 저 남강은 무엇을 가지고 오는 중일까.

　　　　　　가면서는 또 어떤 것을 내놓으라고 할까.

　　　　　　남강(南江)아. 남강아. 고요하고 부드러운 너야말로 참으로 잔인

　　　　　　하고 무서운 존재로구나. 그동안 얼마나 많은 내 형제자매들의

피를 마시고 고깃덩어리를 집어삼켰느냐.

그럼에도 아무 일도 없었다는 듯 네 갈 길만 가는구나.

(고개를 들며) 잔인하구나. 오늘은 저 빨갛고 파란 꽃들도 너무나 무섭게 보이는구나.

빨간 꽃들아, 파란 꽃들아. 너희는 어찌하여 아무렇지도 않느냐. 어제 그 끔찍한 모습을 보고도 오늘 그 자리에 계속 서 있을 수 있단 말이냐.

슬프다. 그저 흘러가는구나. 피를 쏟듯이 저 강물이 흐르며 또 하루가 지나가는구나.

'둥— 둥—' 하며 북소리가 들리기 시작한다.
남강이 흐르는 소리는 서서히 잦아든다.

논개   왜놈들이 오는구나.

저 원수들에게 술을 따라야 하다니.

이 천한 목숨.

사내가 아니라는 게 더더욱 한스럽구나.

저 꽃들은 지금도 활짝 웃고 있구나.

괴물 같구나. 꽃들이여.

남강아. 너는 지금도 귀신처럼 울부짖는구나!

저 강 속에는 얼마나 많은 귀신들의 원한이 소리 지르고 있을까.

귀신이 된 자들이 피를 토하고 눈물을 흘리고 있는 동안 나는 왜놈들 품에 안겨 술병에서 술잔으로, 또 다른 술잔으로 독한 술을 흘리고 있겠지.

(사이)

나는 한낱 꽃 따위가 아니오.

모두들 조금만 기다려 주시오.

소녀, 곧 두 분 곁으로 따르겠사옵니다.

고개를 떨어뜨리는 논개

동시에 핀 조명도 꺼지고 무대 전체가 어두워진다.

계속해서 들리는 북소리

잠시 후,

무대 한가운데로 핀 조명만이 켜진다.

전령이 교서(敎書)를 들고 서 있다.

전령   (헛기침을 한번 한 후 교서를 펼친다. 북소리가 멈춘다)

모두들 들어라!

지금부터 대일본군 총사령관이시고 히고노쿠니의 다이묘이시며 경외하는 풍신수길(豊臣秀吉) 폐하의 세토나이카이를 관장하시는 아우구스티노 소서행장 님께서 친정하시는 군법 재판이 있을 것이다. 다들 주목하도록 하여라.

오늘 재판은 죄인 가네모토에 대한 것이다.

조선 이름 김본, 가네모토는 소서행장 님의 지엄하신 명령을 어기고 아군 부장 모곡촌육조(毛谷村六助)를 죽인 살인범 논개의 장례를 치르는 중죄를 저질렀다.

본래 조선인으로서 그 충성심이 의심스러웠고 전투를 하는데 있어서도 태만함을 보여 왔음이 여러 증언들을 통하여 확인되었다. 이번 진주성 전투에서도 적과 내통한 혐의가 있으나

주 예수 하나님을 믿는 키리스탄, 소서행장 님의 은혜로 마지막 사무라이로서의 명예를 위해 소명할 수 있는 흔치 않은 기회를 제공하시었다. 이에 죄인 가네모토에 대한 군법 재판을 시작한다.

다시 북소리가 '둥─ 둥─ 둥─' 들리기 시작한다.

전령	히고노쿠니의 다이묘!
	세토나이카이의 풍신수길 폐하의 대리인!
	대일본 육군 총사령관!
	주님의 사무라이, 아우구스티노!
	소서행장 님께서 납시셨다.
	다들 머리를 조아려라.

무대 전체가 밝아지면서
소서행장과 그 뒤로 세스페데스 신부가 무대 위로 등장한다.
북소리와 함께

세스페데스가 촉석루 앞에 선다.

소서행장은 망루에 올라 의자에 앉는다.

관객석 쪽을 한번 훑어 내려다보는 소서행장, 오른손을 슬며시 든다.

북소리가 멈춘다.

손을 다시 내리는 소서행장

전령   죄인 대령이오!

크게 징 소리가 난다.

다시 '둥― 둥― 둥―'하며 북소리가 나고

가네모토가 훈도시 [褌]만 입은 채로 머리에 가시 면류관을 쓰고 커다란 십자가를 짊어진 채 한 발짝 한 발짝 힘겹게 촉석루를 향해 걸어온다.

전령   (가네모토가 촉석루 앞에 다다르자) 죄인은 무릎을 꿇어라.

북소리가 멈춘다.

십자가를 짊어진 채 소서행장 앞에서 무릎을 꿇는 가네모토

가네모토에게 다가가 손수 십자가를 내려주는 세스페데스

이어서 성수를 가네모토에게 뿌린 후

성호를 긋고 가네모토에게 라틴어로 주기도문을 암송한다.

세스페데스   가네모토 부장.

내가 할렐루야라고 라면 아멘이라고 답하시오.

(사이)

할렐루야

대답하지 않는 가네모토

세스페데스   할렐루야

또 대답하지 않는 가네모토

세스페데스   부장. 고집부리지 마시오.

이러면 부장만 더욱 곤란해지오.

부장은 다이묘께서 키리스탄이라는 것을 알지 않소?

가네모토   대체 그게 무엇입니까?

(십자가를 내려다보며) 이것을 왜 나에게 짊어지게 한 것입니까?

세스페데스   부장은 다이묘께서 주님께 예배드리는 것을 못 보았소?

가네모토   서양 귀신에게 제사를 지낸다는 것은 알고 있습니다.

세스페데스   그러니 하는 말이오.

내 면(面)을 봐서라도 다이묘 앞에서 주님을 공경하도록 하시오.

가네모토   (소서행장을 보며) 내가 충성을 맹세한 건 장군이오.

당신이 이야기하는, 누군지도 모르는 서양 귀신이 아니란 말입니다.

세스페데스   (역시 소서행장의 눈치를 살피고 다시 가네모토를 보며)

	기실 아무것도 아닌 일 아니오.
	그냥 아멘이라고 두 마디만 하면 됩니다.
	내가 할렐루야라고 하면 아멘이라고만 하시오.
가네모토	그러면 나는 살 수 있는 겁니까?
세스페데스	(헛웃음을 지은 후) 이곳은 전쟁터요.
	전쟁터에서 군법을 어긴 장수가 어찌 되는지는 잘 알지 않소?
	그나마 다이묘께서 그동안의 정(情)을 생각해 마지막으로
	부장이 소명할 기회를 주신 것이니
	괜히 다이묘의 심기를 불편하게 하지는 마시오.
가네모토	어차피 죽을 목숨이라면 내가 왜 당신 말을 들어야 하는 겁니까?
세스페데스	사무라이로서의 명예가 있지 않소!
가네모토	나는 본디 조선인이오.
	일본인이 아니란 말이오.

자리에서 벌떡 일어나 가네모토를 노려보는 소서행장

세스페데스	마지막 기회요.
	할렐루야

끝내 대답하지 않는 가네모토

소서행장	네 이놈! 더는 나를 모욕하지 마라!

지금 너는 나뿐만이 아닌 하나님을 욕보이고 있는 것이다!

가네모토　　　(소서행장을 쳐다보다가 고개를 숙이고는) 소장.

사무라이의 정신을 본받아 할복하도록 하겠습니다.

(전령을 보며) 검을 가져와라.

소서행장　　　조또마떼!

지금 무엇을 하려는 것이냐?

가네모토　　　사무라이의 전통에 따라 할복을 하려 하옵니다.

소서행장　　　(헛웃음을 짓고 나서) 사무라이?

너는 사무라이가 아니다!

가네모토　　　쇼군! 저도 엄연한 대일본 육군의 장수입니다.

소서행장　　　쇼군이라니!

언행을 조심하도록 하라.

나는 너의 쇼군이 아니다.

쇼군이라 불릴 수 있으신 분은 풍신수길 폐하 한 분뿐이시다.

가네모토　　　그렇다면 저는 뭐라고 높여서 불러 드려야 하는지요?

소서행장　　　편한 대로 불러라.

풍신수길 폐하를 욕되게 하지만 않으면 된다.

어차피 네놈은 이제 나와는 상관없는 죄인일 뿐이다.

가네모토　　　(자세를 바로 하고는)

장군님.

소장 가네모토. 감히 청하여 아룁니다.

소장은 소장의 행동이 잘못되었다 생각하지 않습니다.

그러므로 또한 후회하지도 않습니다.

다만 저의 행동이 장군님의 심기를 거슬리게 했다는 점을 잘 알기에 겸허하게 죽음을 받아들이고자 합니다.

소장의 모자람을 헤아려 주시고 소장의 할복을 받아들여 주십시오.

소서행장	네 놈이 나와 함께 현해탄을 건너왔느냐?
	아니면 부산과 동래에서 나와 함께 싸웠느냐?
	어찌하여 감히 대일본 육군의 장수를 사칭해
	사무라이의 예를 갖추려 하느냐?
가네모토	장군님!
	저는 장군님을 위해 조국과 부모 형제를 버리기까지 했습니다.
소서행장	시끄럽다!
	너도 너의 죄를 알렸다!
	너는 나의 명령을 어겼다.
	전쟁터에서 군인에게 내려지는 명령은 마치 주님께서 말씀하시는 생명의 말씀과 같은 것.
	그런 명령을 어긴 자가 어찌 스스로를 장수라고 칭할 수 있겠는가.
	너는 군인이 아니다.
	일개 졸병보다도 못한 놈이다.
	네놈에게 사무라이의 특권인 할복을 허락할 수 없다.
	여봐라! 저 놈을 끌고 저 십자가에 못 박도록 하여라!
세스페데스	다이묘! 안 됩니다!

소서행장	신부. 아무리 내가 신부를 존중한다고 해도 지금은 신부가 끼어
	들 자리가 아닌 것 같소.
세스페데스	저자를 죽이는 것은 나도 찬성합니다.
	하지만 십자가형은 안 됩니다. 결코 용인할 수 없습니다.
소서행장	무엇이? 용인?
	신부. 여기는 전쟁터요.
세스페데스	십자가에 못 박힌 분들이 누구인지 잊으셨습니까?
	예수님 그리고 베드로입니다.
소서행장	(순간 멈칫하고는 자리에 앉는다)
세스페데스	이 자리는 저자의 죄를 문초하는 동시에
	저자에게도 소명할 기회를 주기 위해 마련된 자리가 아닙니까.
	저자에게 마지막으로 은혜를 베풀어 주십시오.
소서행장	기회? 무슨 기회를 달라는 말이요?
세스페데스	주님의 말씀은 한 번 들어 봐야 하지 않겠습니까.
소서행장	저놈의 변명이 주님의 말씀이라도 된단 말이요?
세스페데스	다이묘께서는 처음 이 조선 정벌에 회의적이셨습니다.
	그럼에도 선봉에 서신 이유는 귀신과 마귀들로 가득 찬 이 땅에
	주님의 말씀을 전하고 주님의 나라를 세우는 초석을 쌓으시기 위
	함이 아니셨습니까?
소서행장	나는 군법(軍法)을 실시하고 있어요!
세스페데스	문명국의 이치대로 하시라는 말씀입니다.
소서행장	(코웃음을 치며) 저놈에게 그게 소용이 있는 짓인가 싶소.

세스페데스	다이묘께서는 일전에 저와 약조하셨습니다.
	이 조선 땅에 주님의 말씀을 전하고 성전을 쌓는 것을
	도와주시겠다고 말입니다.
	감히 주님께 약조하신 내용을 뒤집으시려고 하시는 겁니까?
소서행장	알겠소.
	신부도 지금은 결과가 필요하신 모양이구려.
	그대가 말하는 문명국. 즉, 고국인 구라파의 포도아(葡萄牙) 예수
	회에 체면을 세워야 할 테니 말이요.
	(귀찮다는 듯 손사래를 치며) 뜻대로 하시오.
세스페데스	(가네모토에게 다가가) 가네모토 부장.
	부장은 지금 왜 이 자리에서 이렇게 고초를 당하고 있다고
	생각하시오?
가네모토	장군님의 마음을 불편하게 했기 때문 아니겠습니까.
소서행장	건방진 조센징.
	교묘한 세 치 혀로 나를 아주 편협한 위인으로 만드는구나.
	내가 지금 내 감정 때문에 아무 죄 없는 네 놈을 문초하는가?
	너는 군법을 어겼다!
세스페데스	(소서행장에게 손을 들어 진정을 시킨 후) 가네모토 부장.
	부장의 죄를 인정하시오?
가네모토	(한참 소서행장을 쳐다본 후) 인정하지 않습니다.
세스페데스	부장은 아까 스스로 대일본 육군의 사무라이라 칭했소.
	그런 자가 군령을 어겼는데 어찌 죄가 아니라 하시오?

가네모토	그렇다면 같은 인간으로 묻겠습니다.
	어떻게 죽은 망자를 위해 장례를 치르는 것이 죄가 된단 말입니까?
세스페데스	다이묘께서 내리신 명령입니다.
가네모토	저는 인간 된 도리를 한 것뿐입니다.
	신부께서도 계속 같이 저희와 함께하셔서 잘 아시지 않습니까.
	전투가 끝나고 나면 아군이든 적군인 조선군이든
	그 시체를 거두어 땅을 파 묻어줍니다.
	또 죽은 아군 병사들뿐만이 아니라 조선군 묻은 곳 위에도
	술을 뿌려주고 있습니다.
	우리 일본군은 악마가 아니기 때문입니다. 그리고 그것이 바로
	제가 장군님 품으로 달려가 충성을 맹세한 연유이기도 합니다.
	조선의 왕은 자기 백성들을 전혀 돌보지 않은 자입니다.
	전쟁이 나기 전에도 백성들이 굶주리고 헐벗고 있을 때 오히려
	세금을 올린 위인입니다.
	지금은 또 어떻습니까?
	백성들을 버리고 도망까지 치지 않았습니까.
	하지만 장군님과 우리 일본군은 다릅니다.
	아무리 적이어도 시체를 묻어 주고 그 위에 술을 부어주며 영혼
	을 달래주고 있습니다.
소서행장	네 놈 말대로다! 영혼을 달래주려 하는 거다!
	그저 귀신의 해코지가 무서워서 하는 것뿐이다!
세스페데스	부장의 뜻은 대충 알겠소.

	하지만 부장의 말에는 큰 오류가 있는 것 같소.
가네모토	무엇이 말입니까?
	사람이 사람 된 도리를 하는 것이 무슨 문제란 말입니까?
세스페데스	부장 말대로 우리 일본군. 특히 다이묘께서 이끄는 우리 육군은
	주님의 말씀을 따르는 신의 군대요.
	그렇기에 당연히 불필요한 살생을 삼가고
	아무리 적이라 하여도 최소한의 인간 된 도리를 하고 있소.
	하지만 논개라는 여자의 장례를 해주는 것은 완전 다른 문제요.
	그 여자는 그냥 살인범이오.
	전쟁 중에 적을 죽인 것도 아니고 무방비 상태의 그것도 술에 취
	한 사람을 죽인 것이오.
	무엇보다 단순히 죽은 망자를 위로한다는 것이라면 논개 말고 논
	개 때문에 죽음을 맞이한 우리 쪽 장수를 위해서도 장례를 치러
	주었소?
가네모토	(말을 더듬는다)
세스페데스	그것 보시오. 부장은 이제 주님의 말씀을 들어야 하오.
가네모토	나는 뿌리가 조선인 사람이오!
	지금은 일본이지만
	어쩔 수 없는 조선이 뿌리인 사람이오!
	그건 내가 어떻게 할 수 없는 것 아니오!
소서행장	(자리에서 일어나며) 죄인이 스스로 죄를 자백했노라.
가네모토	장군님!

이곳 진주는 저의 고향입니다.

비록 장군님 품에 안기게 되었지만 두 차례의 큰 전투 이후 발에 밟히는 조선군 시체들에서 어린 시절 저와 같이 뛰어놀고 동문수학한 벗들의 얼굴을 볼 수밖에 없었습니다.

하지만 사무라이로서 병사들 앞에서 내색할 수 없었습니다.

참으려 해도 계속해서 밀려오는 고통을 어떻게 견디어 내겠나이까.

소서행장   그래서 아군을 살해한 그 여자를 기린 것이냐?

가네모토   제가 할 수 있는 가장 최소한의 방법으로 저의 고뇌와 고통을 해소한 것뿐입니다.

제가 조선인으로 태어나고 싶어서 태어난 것도

제가 원해서 모곡촌육조(毛谷村六助) 장군이 돌아가신 것도 아니지 않습니까.

소서행장   시끄럽다! 말도 안 되는 소리 집어치워라!

다 네 놈이 선택한 것 아니냐?

네 놈이 원해서 맞이하게 된 현실이다.

어찌하여 스스로 선택한 현실을 외면하려 드는 것이냐?

네 놈의 이야기는 더 이상 듣기 싫다.

네 놈 스스로 자기 명예에 먹칠을 하는구나.

여봐라! 무엇하느냐! 어서 저 놈의 목을 쳐라!

가네모토   장군! 마지막 부탁이옵니다.

부디 제 스스로 할복을 할 수 있게 해주십시오.

소서행장	어림없는 말.
	네 놈 같은 겁쟁이에 비겁한 놈에게 그런 호의를 베풀 수 없다.
가네모토	(세스페데스를 보며) 신부님! 저를 도와주십시오.
	제가 할복을 할 수 있게 제발 장군님을 설득해주십시오.
세스페데스	대체 왜 그렇게 할복에 집착하시오?
	어차피 죽을 목숨. 어떻게 죽든 다 똑같은 것 아니오?
가네모토	나 김본.
	나라를 버리고
	부모를 버리고
	형제와 아내 그리고 자식들도 모른 척하고
	일본군이 되었습니다.
	이렇게 죽으면 저에게 남는 것은 아무것도 없게 됩니다.
	그런데… 그런데 어떻게 이렇게 죽을 수 있겠습니까!
	(울부짖으며) 이런 불명예를 안고 어떻게 죽는단 말이오!

엎드려 괴성을 지르며 우는 가네모토

세스페데스	(혼잣말로) 그래서 논개의 장례를 치른 것이군.
	자기 연민과 자기만족을 위해….
	(가네모토 앞으로 다가가 어깨를 두드리며) 일어나시오.
	죽음을 담담히 받아들이시오.
	이런다고 해도 당신의 택한 길을 되돌아 돌아갈 수 없소.

가네모토	(세스페데스 두 손을 꽉 잡으며) 믿겠습니다!
	그 하나님이라는 분! 믿겠습니다!
	조선 땅 최초의 그 키리스탄이라는 것이 되겠습니다.
	그것을 원하시는 것 아닙니까?
	그러니 믿겠습니다! 하나님. 예수님. 키리스탄.
	그러니 제발 장군님께 제가 할복할 수 있는 기회를 달라고
	청해주십시오.
	신부님이라면 신부님이시라면 가능하시지 않습니까?
	신부님의 말씀이 바로 하나님의 말씀 아닙니까?!

말없이 소서행장을 쳐다보는 세스페데스

다시 자리에 앉는 소서행장

못마땅한 표정으로 넌지시 고개를 끄덕인다.

세스페데스	좋소. 가네모토 부장.
	(가네모토 부장 머리 위에 손을 올리고)
	가네모토. 그대는 주 예수 하나님을 그대의 유일신으로 인정하고
	받아들이겠소?
가네모토	하이!
세스페데스	가네모토. 그대는 언제나 주 예수 하나님의 말씀을 따르고
	사탄은 멀리할 것을 맹세하겠소?
가네모토	하이! 하이!

전령에게 손짓을 하는 소서행장

전령, 허리춤에 차고 있던 칼집에서 칼을 꺼낸다.

고개를 끄덕이는 소서행장

칼을 든 채 가네모토 옆으로 가는 전령

세스페데스	가네모토. 이제 그대에게 세례를 내리도록 하겠소.
가네모토	(바로 옆에 칼을 든 채 서 있는 전령을 보며) 잠시만요. 신부님.
세스페데스	왜 그러시오?
가네모토	무언가 이상합니다.
	(전령을 뚫어지게 쳐다보며) 저 병사는 왜 저러고 있습니까?
	저 칼을 나에게 건네지 않고 왜 계속 들고 서 있냔 말입니다.
	마치 망나니 같은 모양새입니다만….
세스페데스	이제 주님을 알게 된 것이 중요한 것이오.
가네모토	그게 무슨 말입니까?
	저의 부탁은 들어주시는 겁니까?
세스페데스	미안하지만 자네의 부탁은 들어줄 수 없소.
가네모토	네? 그게 무슨 말입니까?
	아까 약조하지 않으셨습니까?
세스페데스	주님의 믿는 자는 스스로 목숨을 끊을 수 없소이다.
가네모토	말이 다르지 않습니까!
세스페데스	가네모토.
	키리스탄은 자살하면 안 돼요.

스스로 목숨을 끊는 것은 키리스탄에게 죄악이에요.

가네모토　　닥쳐라!

키리스탄은 다 거짓말쟁이란 말이냐!

세스페데스　　나는 주님의 말씀을 전하는 사람이다.

나에게 존중과 예의를 보여라.

가네모토　　네 이놈! 이 파란 눈에 노란 머리를 한 요망한 놈아!

너는 대체 정체가 무엇이냐?

세스페데스　　말이 지나치오.

다시 한 번 말하자면

나는 천국의 말씀을 전하는 하나님의 대리인이오.

가네모토　　그러니까 하는 말이다!

천국의 말씀을 전한다니 그렇다면 신이란 말이냐?

하나님의 대리인이라면 신의 부하란 말인가?

아니면 나와 똑같은 인간인가?

너는 어느 나라 사람인가? 일본인인가? 조선인인가?

대체 너는 무엇이냐? 정체가 무엇이냐?

너는 군인인가?

창을 잡아본 적이 있는가?

화살 하나 쏴 본 적이 있느냐 말이다.

이곳은 군인을 재판하는 곳이다.

너는 대체 어떤 물건이기에 무슨 자격으로

감히 나를 평가하려 드느냐?

앉은 자리에서 오른손을 번쩍 드는 소서행장

소리를 지르며 단칼에 가네모토를 베어버리는 전령

그 자리에서 쓰러지는 가네모토

세스페데스   (소서행장에게 고개를 돌리고 소리를 지른다)

아우구스티노! 아우구스티노!

암전

2막

어두운 가운데

남강(南江)의 물결 소리만이 들린다.

잠시 후,

촉석루를 비추는 핀 조명이 켜진다.

가네모토가 메고 온 큰 십자가를 촉석루에 걸려고 하는 세스페데스

몇 차례 시도를 하지만 십자가를 촉석루에 걸지 못한다.

남강의 물결 소리가 잦아들고

어디에선가 누군가 중얼거리며 기도하는 소리가 들린다.

가네모토가 쓰러졌던 자리에도 핀 조명이 들어온다.

소서행장이 투구를 벗은 채 무릎을 꿇고 앉아 기도를 하고 있다.

기도를 하는 소서행장을 발견하는 세스페데스, 말없이 그 모습을 내려다본다.

전령이 소서행장 앞으로 달려온다.

전령	쇼군!
소서행장	(슬며시 미소를 지으며) 이 녀석. 쇼군이 뭐냐. 말조심 하거라.
	누가 들으면 어쩌려고 그러느냐.
	(고개를 돌리다 세스페데스를 발견하고 잠시 세스페데스를 쳐다본다)
	(헛기침을 한 후) 무슨 일이냐?
전령	(서찰을 건네며) 우희다수가(宇喜多秀家) 장군께서 보내신 서찰이옵니다.

서찰을 한참 읽는 소서행장

세스페데스는 망루 위 의자에 앉아 계속 소서행장을 내려다본다.

소서행장	(혼잣말로) 가토 녀석이 서두르는구나.
	(서찰을 다시 전령에게 건네며) 전군에 지금 명령을 하달하라.
	전군. 지금 즉시 출병 준비를 하라.
	오늘 밤 바로 한양 도성을 향해 진격한다.

전령	하이! 소우데스!

빠른 걸음으로 무대에서 퇴장하는 전령

소서행장	(투구를 다시 쓰며) 언제부터 거기 계셨습니까?
	인기척도 없이 등 뒤에 계시다니….
	전장터를 오래 같이 다니시더니 이제 닌자가 다 되셨습니다.
세스페데스	아우구스티노.
	나는 당신보다 전쟁에 대해 더 잘 아는 사람이오.
소서행장	그렇습니까?
	무섭습니다. 마치 계시록에 나오는 말 탄 기사 같습니다.
세스페데스	그대와 그대의 군사들이 쓰는 조총이 어느 나라에서 온
	물건인지 잊지 마시오.
소서행장	신부!
	무엇 때문에 그렇게 화가 나시었소?
	설마 아까 그 조선놈을 참해서 그런 것입니까?
	그놈은 스스로 자결을 하려 했던 자요.
세스페데스	그건 문제가 안 되오.
소서행장	그러면 대체 무엇이 문제란 말이오?
세스페데스	세례를 주지 못했소.
	세례를 주던 중이었단 말이오.
소서행장	그놈에게 주님의 은총은 사치입니다.

인간의 도리를 못 지키는 놈이오.

세스페데스　　그게 문제라는 것이오.

　　　　　　한 명의 조선인이라도 주님 품에 안겨 드려야 하지 않소!

소서행장　　신부의 처지나 입장을 모르는 바는 아닙니다.

　　　　　　같이 조선 땅에 따라온 지도 꽤 시일이 지났지요.

　　　　　　교황이 이곳에서의 전도 결과를 궁금해 하는 것도 압니다.

세스페데스　　아우구스티노

　　　　　　(사이)

　　　　　　분명 그자에게 십자가를 지게 했소.

　　　　　　그건 대체 뭡니까?

　　　　　　그저 단순히 겁을 주기 위함이었소?

　　　　　　(소서행장이 대답을 안 하자) 신성모독이오!

소서행장　　주님을 향한 내 마음을 잘 알지 않습니까…

세스페데스　　이곳 조선 땅에 와서 주님을 위해 한 일이 무엇이오?

　　　　　　아직까지는 살생만 하지 않았소?

　　　　　　단순히 전도만이 문제가 아니오!

　　　　　　아직 예배당도 하나 못 짓지 않았소?

　　　　　　부산도 안 된다 하고 동래성에서도 안 된다 하고.

소서행장　　동래성은 가토 녀석에게 따지십시오.

세스페데스　　그 자는 키리스탄이 아니지 않소?

소서행장　　현재 군을 지휘하는 건 나 혼자만이 아닙니다.

　　　　　　나도 그렇고 가토 녀석도 그렇고 혼자서 마음대로 할 수 없다는

	걸 신부도 잘 알지 않소?
세스페데스	어쨌든 나도 이제 결과를 봐야겠소.
	내가 이 귀신과 마귀로 가득 찬 비루한 땅에 선뜻 따라나선 것은
	내 이름으로 이 땅에 주님의 말씀을 전하기 위함이오.
	예배당은 둘째 치고 아직 한 명의 세례자도 만들지 못했으니
	이게 말이 된단 말이오?
	다이묘께서는 선대(先代)부터 내려온 주님의 은혜를 갚아야 할
	의무가 있소.
소서행장	알고 있습니다. 잘 알고 있습니다.
세스페데스	잘 알고 있다는 사람이
	세례 중에 세례 받는 이를 죽인단 말이오?
소서행장	그 조센징은 세례를 받으면 안 됩니다.
세스페데스	이 조선 땅에서 처음 세례를 받는 사람이었소!
소서행장	만약 그놈이 세례를 받으면 그 다음엔 어떻게 되는지 아십니까?
	바로 순교자가 되는 겁니다.
	신부. 신부도 알겠지만 나의 신앙심은 의심의 여지가 없소.
	그래서 나는 더더욱 그놈이 순교자가 되는 것을 참을 수 없소이다.
	법을 지키지 않는 자가 순교자가 되다니.
	그것도 최초의 순교자 말이오.
세스페데스	다이묘는 바라바의 이야기를 알고 있지 않소?
소서행장	나는 예수님의 말씀을 듣고 예수님을 믿습니다.
	하지만 나는 예수님이 아닙니다.

세스페데스	(자리에서 일어나며) 아우구스티노.
	조심하시오. 잘못하면 신성모독이오.
소서행장	나는 한 나라의 사무라이요.
	나에게는 저 수만 병사들의 생사를 관리할 책임과 의무가 있습니다.
	저 수많은 인원들을 사고 없이 통제하려면 법이 없으면 안 됩니다.
	그 법을 흔드는 행위는 단호하고 냉정하게 대처해야 합니다.
	내가 신부를 존경하듯이 신부도 나를 존중하기를 바랍니다.
세스페데스	아우구스티노.
	그동안 당신이 한 것이 무엇이 있다고 그러시오?
소서행장	내가 못한 것은 또 무엇이란 말입니까?
세스페데스	예배당은 대체 언제 짓는 것이오?
	병사들은 왜 미사에 제대로 참석하지 않는 것이오?
	미사에 쓰일 성체(聖體)는 왜 아직도 소식이 없소?
소서행장	(무대에서 나가려 하며) 갈 길이 멉니다.
	일단 떠날 채비를 하시지요.
세스페데스	가다니! 어딜 간단 말이오!
소서행장	한양으로 진군합니다.
세스페데스	아우구스티노! 잊었소?
	오늘 밤은 미사를 드리기로 하지 않았소?!
	(촉석루를 가리키며) 바로 여기서 미사를 드리기로 했소.
	마지막으로 제대로 미사를 드린 게 대체 언제인지 기억하시오?
소서행장	지금은 전쟁 중입니다.

	밀린 미사는 한양에 입성한 후 해도 늦지 않습니다.
세스페데스	키리스탄으로서의 의무를 다하시오!
소서행장	가토 녀석이 벌써 출발했다고 합니다. 서둘러야 합니다.
세스페데스	질투하는 것이오?
	동시에 탐욕마저 느껴지는구려.
	둘 다 모두 일곱 가지 죄악에 들어가는 것이오.
소서행장	신부가 조바심을 가지는 것처럼 나도 전공(戰功)을 세우려 하는 것뿐입니다.
세스페데스	그것도 주님에 대한 책임을 다 한 다음에 생각할 문제요.
	주님보다 더 중요한 것은 없소.
소서행장	아까 신부도 가토는 키리스탄이 아니라고 하지 않았소?
	(사이)
	생각해보시오.
	만약 가토가 먼저 한양에 입성하고 그 후에 혼자서 조선 왕을 사로잡거나 항복을 받아내면 어떻게 되겠소?
	주님을 믿지 않을뿐더러 오히려 신부나 나 같은 키리스탄을 싫어하는 가토가 이 전쟁의 공을 다 독차지 한다고 생각해 보시오.
	신부가 교황에게 가지고 갈 것은 아무것도 없을 것이오.
	그러면 그토록 원하는 교황청에서의 직책이나 더 나아가 추기경의 자리도 얻지 못할 것 아닙니까.

말없이 촉석루에서 내려오는 세스페데스

소서행장	드디어 지상에 발을 대셨구려.
세스페데스	다이묘.
	아니, 아우구스티노.
소서행장	또 왜 그러시오?

촉석루 망루 위 걸다 만 십자가를 가리키는 세스페데스

소서행장	주님을 향한 저의 사랑은 변함이 없습니다.
세스페데스	그것이 중요한 것이 아닙니다.
소서행장	주님에 대한 제 믿음을 의심하시는 겁니까?
세스페데스	나는 지금 사랑이나 믿음에 대한 이야기를 하는 것이 아닙니다.
	(손가락으로 소서행장의 갑옷을 위아래로 훑으며 가리키면서)
	아우구스티노는 누구에게 충성하는 사람입니까?
	주님입니까? 아니면 풍신수길입니까?
소서행장	신부!
세스페데스	주님께 충성한다는 모습을 보이셔야 합니다.
	충성스러운 모습을 보이세요!
소서행장	무섭습니다.
세스페데스	나와 아우구스티노의 주님은 질투하시는 하나님이십니다.
소서행장	어떻게 전쟁 중인 군인에게 그런 말을 할 수 있단 말이요?
세스페데스	다시 묻겠습니다.
	아우구스티노는 누구에게 충성하는 사람입니까!

주님입니까? 아니면 풍신수길입니까?

소서행장   그만하십시오. 잘못하면 목이 달아납니다.

세스페데스   (주위를 살펴본 후) 아우구스티노, 주님께서 주신 당신의 사명을 잊
지 마시오.

우리는 이 땅에 귀신과 마귀들을 없애고 주님의 왕국을 세워야
합니다.

우리에게는 사명이 있습니다. 괴물이 되어서는 안 됩니다.

소서행장   귀신을 쫓는 것이 괴물이란 말입니까?

아니면 괴물을 만들어내는 게 귀신이란 말입니까?

세스페데스   무슨 말을 하는지 모르겠소.

소서행장   다 의미 없고 다 죽어 말라비틀어진 것들뿐 같군요.

상관없습니다.

어차피 듣는 사람도 하나도 없고

아무도 우리의 말에는 귀를 기울이지 않을 테니까요.

세스페데스   주님의 말에는 힘이 있소.

주님의 말에는 모두가 귀를 기울여야 합니다.

심지어 귀신이나 괴물도 말이오.

소서행장   그래서 무엇에 말입니까?

세스페데스   뭐요?

소서행장   뭣 때문에 그러느냐는 말입니다.

세스페데스   아우구스티노.

아까부터 무슨 말을 하는지 모르겠소.

소서행장	걱정 마십시오. 별 뜻 없습니다.
	그냥 내 나라 말을 하는 것뿐입니다.
	(사이)
	여봐라!
	아무도 없느냐?
전령	(바람같이 뛰어 들어오며) 부르셨습니까?
소서행장	(십자가를 가리키며) 들고 오너라.
	한양에 가져가야 한다.
전령	제가 말입니까?
소서행장	그럼 누가 가져간단 말이냐?
전령	(세스페데스와 소서행장을 번갈아 쳐다보며) 저는 키리스탄이 아닙니다.
소서행장	나는 키리스탄이 아니라 사령관으로서 명령하는 것이다.
전령	하지만 무섭사옵니다.
	저 물건은 흉한 물건 아닙니까.
	저도 대충 들어서 알고 있습니다.
	팔다리를 묶어 큰 못으로 못 박는 고문 기구가 아닙니까?
세스페데스	아닙니다.
	오히려 주님의 사랑이 가득한 물건입니다.
	왜냐하면 예수님께서 돌아가신 곳이기 때문입니다.
전령	(기겁을 하며) 그러면 무덤이란 말입니까?
	소인더러 납골 무덤을 지고 가라는 말씀입니까?
소서행장	이 녀석! 정말 경을 치고 싶은 게냐!
	냉큼 들지 못하겠느냐!

전령	하, 하지만 저것을 들고 가는 것을 가토 장군님이 보시기라도 하면.
소서행장	무엇이 어째!
전령	네. 네. 알겠습니다.

냉큼 십자가로 뛰어가 들쳐 메는 전령

소서행장	보셨습니까?
	병사들은 주님의 노여움보다 전쟁 그리고
	가토 녀석의 보복을 더 두려워하고 있습니다.
	서둘러야 합니다. 갈 길이 멉니다.

십자가를 메고 무대 밖으로 퇴장하는 전령

세스페데스	(전령이 십자가를 메고 가는 것을 보며)
	발이 떨어지지 않습니다.
소서행장	아쉬움을 떨어내시오.
	아까 그 조선놈은 그만 잊으세요.
세스페데스	주님의 자녀가 되기 직전이었습니다.
소서행장	아니오.
	그냥 아무것도 아닌 물건이었소.
세스페데스	세상에 아무것도 아닌 것은 없습니다.
	하물며 저 강과 강 밑에 잠든 이름 없는 병사들도 이름이 있습니다.
소서행장	그럼 그놈은 대체 뭐란 말이오?

조선인?

부모와 형제를 버렸으니 아니지.

일본인?

더더욱 아니오.

그렇다면 사무라이?

내가 인정할 수 없소. 한낱 낭인만도 못한 놈이오.

끝내 믿음을 거부했으니 키리스탄도 아니지오.

세스페데스	그러면 대체 뭐란 말입니까?
소서행장	아무것도 아닌 겁니다.
	그냥 아무것도 아닌 물건일 뿐이오.
세스페데스	저에게 한 말이 생각나는군요.
	일본인도 아니고 군인도 아닌 거라고요.
소서행장	신부는 키리스탄이오.
	그리고 포도아(葡萄牙) 사람 아닙니까.
세스페데스	모르겠습니다. 정말 모르겠소.
	이제는 내 믿음이 흔들리는 것 같습니다.
소서행장	신부는 이제부터 지상에서 발을 한걸음 떼는 법을 배우셔야겠습니다.
세스페데스	장군님은 무엇입니까?
	키리스탄입니까?
	다이묘입니까?
	아니면 그냥 살생을 하는 장군입니까?
소서행장	시끄럽구나. 시끄러워.

세스페데스	뭐라고요?
소서행장	저 강물 소리를 말한 것입니다.

(사이)

참 허무하지 않습니까.

결국은 다 없어지는 것이지요.

아무리 큰 물결도 무시무시한 파도도 결국 형체도 없이 사라져버리니까요. 고작 작은 돌멩이 하나에 말이요.

남강(南江)의 물소리가 들린다.

소서행장	들리오?

나는 저 소리가 싫소이다.

아마 죽어도 저 소리에 익숙해지지는 않을 테지.

모든 것을 사라지게 하는 저 무신경하고 무책임한 하품들.

세스페데스	믿음을 잃은 자들이나 할 말이오.
소서행장	신부의 나라 포도아(葡萄牙)도 뱃사람들의 나라 아니오?

그러면 바다에 대해서 알 테고

얼마나 허무한 것인지 잘 알지 않소?

세스페데스	아까 그 조선인이 생각납니다.

비록 법을 어겼으나 의로운 일을 했습니다.

소서행장	말도 안 되는 소리!
세스페데스	장군은 저 강물 소리를 들으며 허무함과 부정적인 감정만을 토로했지만 나는 다릅니다.

	물은 생명이오.
소서행장	그래서 그 조선놈의 행동이 옳다는 것이오?
세스페데스	인간으로서의 도리를 지킨 것 아닙니까.
소서행장	법을 어긴 배신자입니다.
세스페데스	인간의 법은 어겼을지 몰라도 주님의 자녀가 되기에는 부족함이
	없는 선한 행동이지요.
	나는 지금 종교인으로서 말하는 것입니다.
	소서행장 쇼군!
	주님께서 말씀하셨습니다.
	너희들 중 죄를 짓지 않은 자만이 남에게 돌을 던지라고요.
	사마리아 여인을 품으시면서 말입니다.
소서행장	(대꾸하지 않는다)
세스페데스	쇼군!
소서행장	쇼군?
	하하하하! 나는 쇼군이 아니오! 아직 쇼군이 아니란 말이오!
	나는 그런 사람이 아니외다!
세스페데스	그러면 대체 어떤 사람입니까?
소서행장	신부.
	나는 대일본군 총사령관이고 히고노쿠니의 다이묘이며
	풍신수길(豊臣秀吉) 폐하의 세토나이카이를 관장하는 아우구스티노.
	소서행장, 고니시 유키나가입니다.
	나를 이상한 사람처럼 바라보지 마시오.
	나는 귀신도 아니고 괴물도 아닙니다. 알았습니끼?

말없이 소서행장을 쳐다보는 세스페데스

그런 세스페데스를 역시 바라보다가

크게 웃으며 무대에서 퇴장하는 소서행장

그 뒤를 터덜터덜 따라 퇴장하는 세스페데스

조명이 서서히 어두워진다.

암전

남강(南江)의 물소리만이 더 크게 들린다.

잠시 후,

촉석루를 비추는 핀 조명이 하나 켜진다.

논개가 촉석루 망루의 의자 위에 서서 관객들을 내려다보고 있다.

논개   이 얼마나 다행스러운 일인가.

                마지막에 이렇게 구원을 받으며 나의 사명을 다할 수 있다는 게!

                비록 서양의 귀신에 대한 것이지만

                참으로 유익하고 힘이 되는 이야기를 들었다.

                (사이)

                십자가에 스스로 못 박힌 그 예수라는 사내처럼

                나도 내 두 팔을 있는 힘껏 벌리리라.

                (두 팔을 크게 벌리고)

                자, 들어오너라. 이 안으로 들어오너라.

내가 너를 품어주리라.

내가 너희를 용서해주리라.

어미처럼 너에게 젖을 물려주고

아내처럼 너희의 머리를 쓰다듬어주고

정부(情婦)처럼 그대에게 내 두 다리마저 벌려주겠노라.

(사이)

오너라. 이리 오너라. 어서 이리 오너라.

길을 잃고 헤매는 방황하는 자여.

파도에 휩쓸려 죽어가는 나그네여.

내가 그대를 구원해주겠노라.

이제 더 이상

낮에는 피 냄새 때문에 밤에는 귀신들의 비명소리에

식사를 토할 필요도 잠을 설칠 필요도 없게 될 것이니라.

누군가를 껴안는 자세로

촉석루 망루 위에서 뛰어내리는 논개

암전

남강(南江)의 물소리가 더욱 더 크게 들린다.

END

CHAPTER 2. [역사적 순간들]

가네모토 오장의 하루

인(人 : Inn)

소우주

가네모토 오장의 하루

[배경]

1919년 3월 어느 날

충청도 어느 시골

[등장인물]

가네모토[金本] 오장(오장: 지금의 하사에 해당하는 계급)

장 씨

연희

하나세

[무대]

경찰서

무대 뒤편에 유치장이 있고

한가운데에 가네모토의 책상이

그리고 오른쪽 구석에 하나세의 책상이 자리하고 있다.

1막

밝아지면

가네모토 오장(이하: 가네모토)이 책상 위 전화기를 쳐다보며 초조하게 앉아 있다.

그 옆에 가네모토의 직속 부하인 하나세가 앉아 있다.

가네모토 책상 위 전화가 요란하게 울린다. 전화벨 소리 (E)

전화가 울리자마자 반사적으로 수화기를 잡아채듯이 집어 드는 가네모토

가네모토	모시모시! 하잇!

가네모토   모시모시! 하잇!

(자리에서 벌떡 일어나며) 하이! 가네모토 데스.

(표정이 어두워지며 자리에 천천히 앉으며) 소우 데스까?

(옆에 하나세를 보며) 하나세!

하나세   하잇!

가네모토   뎅와니 데떼.

가네모토 자리로 넘어와 전화를 받는 하나세

하나세   모시모시. 와따시와 하나세 데스.

(차렷 자세를 취하고는) 하잇! 하잇!

아⋯하잇!

힘찬 구령 소리와 함께 전화를 끊는 하나세

가네모토	뭐래?
하나세	오늘 인사 발표 날입니까?
가네모토	그래서 지금 출근해서 계속 전화기만 쳐다보고 있잖아.
	그런데 왜 자네를 바꿔 달라고 한 거야?
하나세	저 승진됐습니다.
가네모토	자네가?
	(한참 하나세를 쳐다보다가) **추, 축하하네.**
하나세	감사합니다.
가네모토	그럼 자네도 이제 오장인 건가?
하나세	네.
가네모토	(어색하게 웃으며) **하하하하. 나랑 똑같네.**
	(하나세의 어깨를 치며) **오늘부터 말 편하게 해. 하하하하―**
하나세	아, 아닙니다.
	오장님도 곧 전화 받으실 거 아닙니까.
	그럼 어차피 오장님이 또 저보다 상관이실 텐데요.
가네모토	아직 전화가 없는데.
하나세	방금 오지 않았습니까.
가네모토	자네 용무 아니었나.

하나세	또 오겠죠.
	(사이)
	원래 중요한 일일수록 제일 늦게 전해지는 법 아닙니까.
가네모토	그런가?
	지금 몇 시지?
하나세	너무 초조해하지 마십시오.
	아직 점심 전입니다.
가네모토	그렇지. 이제야 하루가 시작 됐으니까⋯.
	알았네⋯.
	가서 이제 일 봐.

자기 자리로 돌아가 앉는 하나세

가네모토	하나세!
하나세	하잇!
가네모토	노파심에 한 가지 분명히 말해둘 게 있네.
	오장이 됐다고 해서 달라지는 건 없어!
	알겠나?
하나세	(경례 자세를 취하며) 하잇!
가네모토	그래서 말인데. 시장하니까 주전부리 좀 사오게.
	이상하게 이때만 되면 항상 허기가 진단 말야.
	오장도 됐으니 자네가 한 턱 내라고.

그래! 이제 이 동네를 떠날 텐데 마지막으로 이 지역 특산물인 밤을 먹고 가야 하지 않겠나.

하나세   밤이요?

이때, 장 씨가 무대 위로 등장한다.

장 씨   나는 조선의 독립운동가 장필우.

               (가네모토를 가리키며) 내 오늘 저 친일파를 처단하리라.

               조선의 부모 아래 태어나 부모 형제를 팔아먹고

               왜놈 순사복을 입는 저 친일파 녀석.

               네 이놈 가네모토!

가네모토   아저씨.

               식사는 하셨어요?

장 씨   아니. 아직.

가네모토 맞은편에 앉는 장 씨

가네모토   오늘은 또 왜 오셨어요?

장 씨   오늘이지?

가네모토   뭐가요?

장 씨   승진 발표.

하나세   이 자를 체포할까요?

장 씨	체포?
	(호탕하게 웃은 후) 하나세 군. 무슨 이유로 나를 체포할 텐가?
하나세	조센징—
	예의를 지켜라.
장 씨	예의가 없다고 체포한다는 건가?
	예의는 자네가 부족한 것 같은데.
	(가네모토를 보며) 저 친구 교육 좀 잘 시켜야겠어.
	(하나세에게 고개를 돌리고) 하나세 군. 나는 아무 죄가 없네.
	나는 지금 내 발로 여기 들어왔어.
	자기 발로 경찰서에 들어오는 죄인이 있나.
가네모토	자네는 어서 나가서 군밤이나 사오게.

무대 밖으로 퇴장하려 하는 하나세

장 씨	군밤?
	지금 3월 봄이네. 뜬금없이 무슨 군밤인가.
가네모토	정신이 하나도 없네요!
	그럼 뭐 드실래요?
장 씨	글쎄….
	고기가 먹고 싶기는 한데.
가네모토	고기요?
	(사이)

	하나세.
	고기만두나 사오게. 고기만두.
장 씨	만두도 별론데….
가네모토	그냥 드세요.
장씨	정말 제멋대로군. 젊은 친구들이란 정말 이해할 수 없어.
	(사이)
	하나세 군. 부탁하네!
가네모토	자네 오늘 승진했으니 인심 좀 쓰라고.
장 씨	오호! 하나세 군. 승진했나?
	(크게 한번 호탕하게 웃고는) 축하하네. 축하해.
하나세	(경멸하는 표정으로) 조센징ㅡ

고개를 절레절레 흔들고는 무대 밖으로 퇴장하는 하나세

장 씨	자네는?
	자네도 승진했나?
가네모토	아직이요.
장 씨	아직이라니.
	승진을 못했다는 거야
	아니면 연락이 아직 안 왔다는 거야?
가네모토	아직 아침 아닙니까?
장 씨	'아직'이 '이미' 같이 들리는걸.

가네모토	진짜 왜 오신 거예요?
	오늘도 밥 얻어먹으러 오신 거면 그냥 조용히 드시고 가세요.
장 씨	자네 입으로 말했잖나.
	(사이)
	오늘 승진 발표 날 아닌가.
가네모토	(한숨을 쉬고는) 결과를 이미 알고 계셨나요?
장 씨	(몸을 바로 하며) 오늘이 바로 기일이라는 걸 알고 있지.
가네모토	하나세가 오장으로 진급한 것도 이미 알고 있었나요?

빙그레 웃으며 고개를 끄덕이는 장 씨

가네모토	어떻게 아셨어요?
장 씨	요즘이 어떤 시대인가?! 정보가 중요한 시대 아닌가. 정보가.
	특히나 우리같이 돈놀이하는 사람이면 더욱 중요한 게 정보인데
	대일본제국 순사들 승진심사 결과 같은 중요한 정보를 모르면 되
	겠나!
	(사이)
	아직 전화가 안 온 거지?
가네모토	'아직'이라니까요.
장 씨	높은 직이면 높은 직일수록 발표가 늦게 나니까
	너무 마음 쓰지 말게.
가네모토	마음 안 쓰고 있는데요.

장 씨	(빙그레 웃으며) 그래?
	그 소식 혹시 들었나?
	히로시 오장은 본국으로 발령받았다고 하던데.
가네모토	혼또니? 히로시가요?

비열하게 웃음을 짓는 장 씨

가네모토	흥!
	그런데 왜 그렇게 남 진급하는데 관심을 가지십니까!
	무슨 상관이라고.
장 씨	그야 뻔한 거 아닌가.
	(엄지와 검지 손가락을 만지작거리는 시늉을 하며)
	두 사람 다 나한테 빚을 지고 있으니
	본국으로 내빼기 전에 정산은 다 해야 하지 않나.
가네모토	히로시는 얼마를 빌렸는데요?
장 씨	오 원.
가네모토	다 갚았나요?
장 씨	아니.
	(사이)
	그래서 아까 전화해서 확약을 받았지.
가네모토	본국으로 가기 전에 다 갚는다고 하던가요?
장 씨	그럼!

(사이)

자네가 문제지. 가네모토 오장. 하하하하!

가네모토   돈 안 갚고 도망갈까 봐 오신 거군요.

계속 말하지만 갚을 테니까 걱정하지 마세요.

장 씨   그러니까 말만 그러지 마시고 빨리 갚으라고.

제국의 신성한 일꾼께서 약속을 안 지키시면 안 되지 않나!

가네모토   세상에ー 독립운동을 하는 분이 그런 말을 해도 되는 겁니까?

장 씨   나는 지금 경제에 관한 이야기를 하고 있네.

정치적인 발언을 하고 있는 게 아니라고.

가네모토   경제에 관한 이야기라….

일부러 어렵게 말씀하시는군요.

장 씨   어렵기는!

빌린 돈을 갚고 빌려준 돈을 다시 받는 것뿐인데.

가네모토   독립운동을 하신다는 분이 돈놀이를 하고 있다니.

웃어야 하는 일인가요. 울어야 하는 일인가요.

장 씨   자네나 나 모두 자본의 시대에 살고 있지 않나.

돈을 빌려주는 나나 빌린 자네나 모두 자본에 충실하게

잘살고 있는 것이고.

가네모토   대일본 제국 천황 폐하 아래 살고 있기도 하고요.

아저씨께서 늘 강조해서 이야기하시는 거죠.

장 씨   물론. 조선이 망했으니.

자네 같은 민족반역자들이 평생 부끄러워해야 할 사실이지.

가네모토	아저씨는 왜 저를 처단하지 않으시는 겁니까?

호탕하게 크게 웃는 장 씨

장 씨	이미 자네를 처단하고 있는 것 같은데.
	돈 때문에 죽을상 아닌가.
가네모토	아하! 서서히 말려 죽이시려는 작정이군요.
	차라리 머리에 총알이 한 번에 박히는 게 낫겠네요.
장 씨	그러니까 걱정하지 말게.
	정 그게 소원이면 돈이나 빨리 다 갚으라고.
	바로 원대로 해줄 테니.
가네모토	아무래도 돈을 갚으면 안 되겠네요.
장 씨	(가네모토의 어깨를 치며 위로하면서) 얼굴 피게.
	내가 농이 좀 심했구만.
	진급 축하하러 들른 거네.
가네모토	헷갈립니다.
	아저씨는 저를 좋아하시는 거예요, 싫어하시는 거예요?
	아니 그보다 독립운동을 하시는 거예요, 아니신 거예요?
장 씨	나 독립투사 장필우.
	오늘도 아침에 일어나 망한 조국을 슬퍼하며 눈물을 훔쳤다네.
가네모토	빌려준 돈을 못 받아서 우신 게 아니고요?
장 씨	흥! 독립운농을 맨입으로 하나?

다 돈이 있어야 하는 법.

애초에 조선이 망한 이유가 뭔가?

가난해서 아닌가? 돈이 없어서!

(사이)

나는 자네를 미워하지 않네. 오히려 아주 좋아하지.

자네야말로 나에게 독립자금을 대주는 아주 훌륭한 호구가

아니겠나. 하하하하.

이때, 가네모토 책상 위 전화가 울린다.

전화벨 울리는 소리 (E)

긴장된 표정으로 전화를 받는 가네모토

가네모토   모시모시.

               하잇! 하잇! 와따시와 가네모토 데스.

               하잇! 하잇!

               (사이)

               아….

표정이 바뀌는 가네모토

인사를 하고 전화를 끊는다.

장 씨   기다렸던 소식?

가네모토	아니요.
	(한숨을 크게 쉬고) 그냥 일 전화예요.
장 씨	일 전화?
가네모토	며칠 전 만세 소동 있었잖아요.
	그 만세 소동 번지지 않게 하라네요.
	(사이)
	아저씨도 조심하세요.
	계속 그런 불순한 언사를 입에 담으면 그때는 저도 어떻게
	봐 드릴 수가 없어요.
장 씨	불순한 언사?
	어떤 걸 말하는 건가?
	독립을 입에 담는 걸 말하는 건가 아니면
	돈 갚으라는 말을 하지 말라는 건가?
가네모토	(장 씨를 말없이 쳐다보고는) 둘 다요.
장 씨	지금 협박하는 건가?
가네모토	아저씨. 저는 대일본제국 경찰입니다.
	아버님과의 친분만 아니었으면….
장 씨	돈을 갚기 싫다는 것처럼 들리는데.
가네모토	마음만 먹으면 돈도 안 갚을 수 있습니다.
장 씨	그러면 자네 평판이 어떻게 되겠나!
	그것도 독립운동을 하는 불순분자에게 돈을 빌렸는데.
	덴노 헤이카께서 아신다면

저 전화기는 영영 침묵을 하겠구만.

가네모토   아저씨 평판은요?

아저씨 말대로 나라 팔아먹은 놈한테 돈도 빌려주고

심심하면 경찰서에 놀러 와 밥까지 얻어먹는 걸 사람들이 알면요?

장 씨   통쾌하다고 할 걸세!

나는 자네에게 손해를 보고 있지 않으니까.

손해를 보는 건 왜놈 순사인 자네 아닌가.

가네모토   방법이 비열하지 않습니까?

장 씨   원하는 것만 얻으면 되네.

자네들에게 한 수 배웠다고 해야겠지.

가네모토   아저씨는 아저씨의 평판에는 문제가 없다고 생각하시는군요.

장 씨   당연하지!

나는 이 고을에서 유일하게 독립운동을 하고 있고

일본 순사마저 난처하게 만들고 있으니.

가네모토   마을 사람들이 아저씨 욕을 하는 건 못 들으셨나 보군요.

(사이)

정초에 용신제 할 때 얼굴을 안 비쳤다고

어른들이 얼마나 아저씨 욕하고 다녔는지 아세요?

조상님 욕보인다고 잡아가라는 걸 겨우겨우 달랬다고요.

장 씨   흥! 조상님들께서 들으시면 정말 저승에서 통곡하시겠군.

나라 팔아먹은 놈한테 그런 부탁을 하다니.

가네모토   아저씨!

장 씨	세상이 정말 미쳐 돌아가고 있어.
	마을 지키는 당산목 아랫집에서는 나라 팔아먹는 자식이 나오고
	천하디 천한 백정 출신은 혼자서 독립운동을 하고 있으니.
가네모토	그래서 용신제에 안 나오신 거예요?
장 씨	흥! 그깟 귀신 놀이!
가네모토	마을 사람들이 가장 관심 가지고 신경 쓰는 건
	한 해 농사가 잘 되는 것뿐이에요.
	농사 잘 되게 해달라고 제사 지내는 행사에 말도 없이 빠지신 분
	이 저한테 훈수 두실 입장은 아니라고요.
	왜놈한테 나라를 팔았든 뭐든 제가 여기 부임하고 나서
	우리 고을은 굶는 사람도 없고 산적을 만나거나 도둑질하는 사람
	도 없어요.
	예전에 어땠는지 아저씨도 아시잖아요?
	(사이)
	작년에는 저수지도 크게 다시 짓게 됐잖아요.
장 씨	아무리 그렇게 말해도 나라가 망하고
	자네가 매국노인 건 변하지 않는 사실이야.
	(사이)
	자네는 부끄러운 줄 알아야 해.
	세상이 아무리 바뀌어도 지켜야 하는 게 있는 거야.
가네모토	그게 뭔데요?
장 씨	(미소를 지으며) 돈을 빌렸으면 갚아야 한다는 서시!

가네모토	알았어요. 알았어.
	(사이)
	기간만 좀 유예해 주세요.
장 씨	(다시 빙그레 웃으며) 그것도 안 될 것 같은데.
가네모토	왜요?
장 씨	보아하니 진급이 안 될 것 같은데….
	(사이)
	진급도 안 됐는데 더욱 신용을 할 수가 없지.
가네모토	다시 말하지만 저는 제국군 경찰입니다.
	그걸 잊지 마세요.

호탕하게 크게 한 번 웃는 장 씨

장 씨	(두 손을 번쩍 들고) 대한 독립 만세─! 대한 독립 만세─!

이때, 무대 위로 다시 들어오는 하나세
계속 독립 만세를 외치는 장 씨

장 씨	대한 독립 만세─ 대한 독립 만세─

장 씨를 제지하는 하나세

가네모토	하나세! 야마테!
	세끼니스와떼!

자기 자리에 앉는 하나세

가네모토	아저씨도 그만하세요.
장 씨	대한 독립 만세! 대한 독립 만세!
가네모토	조용히 좀 하라고요!
	시즈가니시로! 시즈가니시로!
장 씨	뭐라고 하는 거냐?
	여기는 조선이다! 조선말로 해라. 조선말로!
	야! 김산호! 너는 조선 사람 아니냐!
	너는 김산호야. 김산호! 당산목 아래 김 씨네 둘째 김산호라고!
	나라가 망하긴 진짜 망한 게지.
	다른 곳도 아니고 어떻게 마을을 지키는 당산목 바로 아랫집에서
	친일을 하는 새끼가 나오다니!
가네모토	하나세!
하나세	하잇!

장 씨를 일으켜 유치장 안에 집어넣는 하나세

가네모토	사왔나?

하나세	하잇!

가네모토에게 만두를 건네는 하나세

하나세	가네모토 오장님.
가네모토	왜?
하나세	(출입문을 가리키며) 밖에서 불신분자를 한 명 잡았습니다만.
가네모토	츠레떼코이.

잠시 출입문 쪽으로 나가서 연희를 데리고 들어오는 하나세

하나세 바로 뒤로 따라 들어오는 연희

가네모토	누구야? 뭔데?
하나세	이 여자가 저잣거리에서 불순한 언사로 만세 소동을 벌였습니다.
연희	(무표정하게) 대한…독립…만세…
가네모토	(한숨을 쉬며) 집어넣어.

순순히 팔을 내미는 연희를 잡아

장 씨가 들어가 있는 유치장에 집어넣는 하나세

말없이 연희를 위아래로 훑어보는 장 씨

장 씨	(역시 한숨을 쉬며) 너는 대체 밖에서 무슨 짓을 한 거냐?

가네모토	아는 분이에요?
연희	장연희라고 합니다.
가네모토	장연희?
장 씨	내 딸이네.
가네모토	아저씨 딸이라고요?
연희	안녕하세요. 대한 독립투사의 딸 장연희입니다.
장 씨	조용히 해라.
	조신하게 있지 못하겠니.

두 팔을 들고 만세를 하려고 하는 연희

즉시 연희를 제지하는 장 씨

가네모토	전화가 오자마자 만세 소리를 듣네.
	(사이)
	하나세.
하나세	하잇!
가네모토	방금 전화 온 것 아닌가?
	전화 오는 소리 듣지 않았나?

말없이 고개를 가로젓는 하나세

| 가네모토 | 아무 소리가 없었다고? |

소리를 못 들은 건 아니고?

(사이)

그것 참 이상하네—

책상 위 놓인 만두를 하나 꺼내는 가네모토

가네모토	하나세—
	(만두를 가리키며) **타베루?**
하나세	(손사레를 치며) **이이에**—
	(비웃는 표정을 지으며 혼잣말로) **조센징**—

암전

2막

유치장에만 조명이 밝아진다. (유치장 핀 조명)

가네모토와 하나세는 자기 자리에 앉아 일을 보고 있다.

가네모토와 하나세 자리 위의 조명은 꺼져 있다.

장 씨   어머니는 집에 있냐?

고개를 끄덕이는 연희

장 씨   망할 여편네.

                딸년 하나 제대로 못 돌보고.

                대체 집에서 뭘 하고 있든?

연희   돈을 벌고 계시지요.

장 씨   돈? 무슨 돈?

연희   바느질 품삯이요.

장 씨   흥! 남편이 돈놀이를 하는데 무슨 바느질이야!

연희   의롭지 않은 돈은 쓰시지 않는다고 하시니까요.

장 씨   의롭지 않은 돈?

연희   거머리 같은 돈입니다.

                이웃들의 피와 땀을 빨아 벌다니요!

장 씨   세상이 바뀌었는데 한가한 소리나 하고 있구나.

연희   그렇다면 아버지도 마찬가지 아닌가요?

장 씨   무엇이 어째?!

연희   아버지도 세상이 바뀐 걸 인정하지 못하고

	독립이라는 한가한 소리를 하고 있잖아요.
장 씨	한가하다니!
	조국의 독립이 그렇게 가벼운 언어란 말이냐?!
연희	세상에 모든 잊혀진 것이나 버려진 것은
	한가하고 무가치한 것 아닙니까!
장 씨	나는 한시도 잊거나 버리지 않았다!
연희	아버지도 지금 제일 중요시하시는 건 돈 아닌가요?
장 씨	망했군. 망했어!
	이 씨네만 망한 게 아니라 우리 장 씨 집안도 망해가는구나.
연희	집안을 위해 밤새 바느질을 하시는 어머니를 욕하지 말아주세요.
장 씨	계집애가 아버지에게 훈계를 하려 드는 게냐!
	고얀 년! 너야말로 나를 욕되게 하지 말아라!
	(사이)
	대체 다 큰 계집애가 여기서 뭐하고 있는 거냐?
연희	그러는 아버님은 지금 뭐하시는 거죠?
	무엇 때문에 여기 계시나요?
장 씨	(헛기침을 하고는) 나는 일이 있어서 온 거다. 일이 있어서.
연희	(유치장 창살을 손으로 두드리며) 일을 이 안에서 하시나 보죠?
장 씨	흥! 내가 하는 일을 알지 않니!
	조국의 독립을 위해.
연희	(장 씨의 말을 가로막으며) 돈 때문에 갇힌 게 아니고요?
장 씨	가네모토 오장!

이 아이 좀 집에 데려다주게.

가네모토 책상 위 핀 조명이 켜진다.
물끄러미 유치장 안에 있는 장 씨와 연희를 쳐다보는 가네모토

가네모토   (연희를 보고) 이 분이 아저씨 따님이라고요?

한숨과 함께 고개를 끄덕이는 장 씨

가네모토   (다시 연희를 보고) 아가씨.
              저잣거리에서 만세 소동을 벌인 사실이 있습니까?
연희   네!
징 씨   가만히 있어라.
              아무 말도 하지 말고 가만히 있어.
가네모토   아가씨. 다시 한 번 묻겠습니다.
              오늘 저잣거리에서 불순한 언사로 만세 소동을 벌였나요?
연희   (힘없이) 만세— 독립 만세—
장 씨   (연희의 손을 잡아 내리며) 집으로 가라! 어서 당장!

장 씨의 손을 뿌리치는 연희

장 씨   (다시 연희의 손을 잡으며) 당장 집으로 가시 못해!

	가네모토 오장!
연희	싫습니다.
장 씨	이 년이!
연희	저를 때리시려고요?
	때리세요!
	경찰서에서 순사가 보는 앞에서 때려 보시라고요!
	(가네모토를 보며) 오장님. 말씀해보셔요.
	남자라 해서 여자를 때리거나
	아비라 해서 딸에게 함부로 손을 대는 것이
	제국법으로는 금하는 것이지요?
가네모토	그렇습니다만.
연희	강제로 사람을 끌고 가도 안 되지 않나요?
장 씨	강제로?
연희	납치가 허용되는 일인가요?
	백주 대낮에 납치가 가당키나 한 일이냐 이겁니다.
가네모토	납치?!
장 씨	대체 지금 무슨 말을 하는 거냐!
가네모토	아가씨. 지금 집으로 억지로 가기 싫다는 말인가요?
	아니면.
연희	아무리 부모라고 해도
	억지로 다 큰 자식을 끌고 납치하는 것은 엄연한 불법이지요?
가네모토	불법이지요.

장 씨	불법?!
가네모토	아저씨, 진정하세요.
	(사이)
	혹시 따님께 폭력을 행사하신 적이 있으신가요?
장 씨	폭력?!
	이 아이는 내 딸이네.
가네모토	딸이라고 해도
	함부로 다루시면 안 됩니다.
장 씨	지금 나를 취조하는 건가?
가네모토	그냥 물어보는 겁니다.
	그리고 그게 법입니다.
장 씨	법?!
	하하― 하하―
	왜놈들 법 따위를 내가 무서워할까 봐!
가네모토	왜놈들하고는 상관없어요.
	(사이)
	그저 시대가 바뀐 겁니다.
	예전 이씨 왕조 때와는 다르다고요.
장 씨	흥! 시대가 바뀌었다고!
	그래서 왜놈 순사복을 입고 있는 거냐!
	슬프도다!
	나라 팔아먹은 놈이 나라 뺏은 놈들 법을 운운하고 있으니.

가네모토	따님에게 폭력을 행사한 적이 있나요?
장 씨	자네가 상관할 일이 아니네.
가네모토	아니요. 여기는 경찰서입니다.
	아저씨는 지금 쇠창살 안에 들어가 계시고요.
	제가 상관할 일입니다.
장 씨	흥! 자네는 진짜 자네가 할 일이나 똑바로 하게!
	(다시 연희의 팔을 강제적으로 잡고) 이 년. 빨리 집으로 보내주게.
연희	아닙니다.
	저는 집에 돌아가지 않을 겁니다.

연희를 때리려고 손을 올리는 장 씨

가네모토	하나세!

순간, 하나세 책상 위 조명이 켜진다.
자리에서 벌떡 일어나는 하나세

가네모토	가쿠리시테!

유치장에서 장 씨를 데리고 나와
자기 자리 앞에 앉히는 하나세

가네모토	(자기 책상 자리 앞을 가리키며) 아가씨는 여기 와서 앉으세요.

유유히 유치장에서 제 발로 나오는 연희

장 씨   연희야! 어서 집에 가거라!

                         산호! 이 사람아.

하나세   타마레!

가네모토 오장 앞에 앉는 연희
장 씨는 하나세 바로 앞에
연희는 가네모토 오장 바로 앞에 따로 앉아 있다.

가네모토   (연희를 보고) 아가씨.

                         여기는 경찰서입니다.

                         오래 있어봤자 좋을 게 없는 곳입니다.

팔짱을 낀 채 대답을 하지 않는 연희

가네모토   집에 진짜 갈 생각이 없는 겁니까?

고개를 끄덕이는 연희

가네모토   (장 씨를 한 번 쳐다보고는)

                         아까 거리에서 만세 소동을 벌인 사실이 있죠?

장 씨   지금 자네 뭐 하는 건가?

가네모토	하나세!
하나세	하잇!
가네모토	취조 시작하게.
	두 사람 오늘 불순한 발언을 하지 않았나.
	나는 이 여자를 취조할 테니 자네는 그자를 조사하게.
하나세	카시코 마리마시따!
장 씨	산호! 자네!

서류철로 장 씨의 머리를 때리는 하나세

하나세	존경심을 보여라! 조센징!
가네모토	아저씨.
	제가 누군지 잊으시면 안 됩니다.
장 씨	연희야….
가네모토	(연희를 보며) 그럼 취조를 시작합니다.
	진술한 내용은 나중에 본인에게 불리할 수도 있으니 잘 생각해서
	대답해요.
	(사이)
	이름?
연희	장연희입니다.
하나세	나마에와?
장 씨	장필우 데스.

가네모토	오늘 저잣거리에서 불순한 만세 소동을 벌였습니까?
장 씨	딸! 아무 말도 하지 말아라!
하나세	타마레! 조센징!
연희	저는 제가 할 일을 한 것뿐입니다.
장 씨	여자는 그냥 집에서 살림을 하는 거다.
	그게 니년이 할 일이야!
하나세	(책상을 두드리며) 조용히 해라! 조용히!

소란스러워지는 경찰서
이때, 가네모토 책상 위 전화가 울린다.
전화벨 울리는 소리 (E)

가네모토	다들 조용히 해!

긴장된 표정으로 전화를 받는 가네모토

가네모토	모시모시.
	와따시와 가네모토 데스.
	하잇! 하잇!

인사를 하고 전화를 끊는 가네모토

하나세	(사리에 일어서서) 뭐랍니까?

가네모토	하던 일이나 마저 하지.
하나세	오장님.
가네모토	(연희를 정면으로 응시하며) 다시 묻겠습니다.
	오늘 저잣거리에서 불순한 만세 소동을 벌였습니까?
연희	며칠 전 만세시위 소식 들으셨나요?
가네모토	그래서요?

말없이 조용히 자리에 다시 앉는 하나세

연희	아버님께서 조국의 독립을 위해 밤낮없이 뛰어다니시는데
	제가 어찌 가만히 집에만 있을 수 있겠습니까.
장 씨	연희야.
연희	저도 아버님의 고매하신 뜻을 이어받고자 독립을 기원하는 만세
	를 한 것입니다.
장 씨	누가 너한테 그런 것을 시켰냐!
	왜 시키지도 않은 짓을 하는 거냐!
연희	아버님도 독립운동을 하고 계시지요?
	(사이)
	저도 저 나름의 독립운동을 하고 있는 겁니다.
가네모토	그래서 만세 소동을 벌인 겁니까?
장씨	만세 소동이라니!
	멋모르는 철부지가 혼자 중얼거린 건데!

연희	네! 맞습니다!

자리에서 벌떡 일어나는 연희

연희	(두 팔을 벌리고) 만세! 독립 만세!
	연희 독립 만세!

짧은 정적이 흐른다.
책상 위 만두를 먹기 시작하는 가네모토

하나세	장난이 너무 심하군.
연희	(다시 자리에 앉은 후) 여기는 경찰서입니다.
	제가 지금 장난하는 것처럼 보이십니까?
	저는 지금 독립운동을 하고 있습니다.
	(사이)
	저 장연희의 독립운동.
	저만의 독립을 쟁취하기 위해 투쟁하는 것입니다.
장 씨	독립?
	연희 이놈아. 너 지금 나이가 몇이냐!
	너 같은 어린아이가 뭘 안다고 독립을 입에 담느냐!
	쓸데없는 말 말고 그만 집으로 가라.
가네모토	다 큰 것 같은데요 뭘.
장 씨	아직 어린아이네!

	아무것도 모르는 어린아이라고.
연희	어린아이라고요?
	(사이)
	어린아이라고 하시면서 어떻게 강제로
	혼인을 시키려 하시죠?
하나세	(기가 막히다는 듯 웃으며) 혼인?!
가네모토	아가씨. 뭐라고요?
	아버님께서 혼인을 시키시려 하신다고요?
연희	네.
	다음 달에 하라고 하셨어요.
	강제로!
가네모토	다음 달?
	올해 나이가 어떻게 되죠?
연희	열다섯입니다.
가네모토	열다섯?!
	(장 씨를 보며) 지금은 조혼이 금지되어 있습니다.
	정말입니까?
장 씨	신경 쓰지 말게.
	가족 일이네.
가네모토	지금 저는 경찰로 묻는 것입니다.
장 씨	자네는 자네 할 일이나 신경 쓰게.
가네모토	지금 제 일을 하고 있는 겁니다.

무슨 생각이 들었는지 미소를 짓는 가네모토

가네모토	하나세!
	저자를 조혼금지법 위반으로 조서를 꾸미게.
	알겠나?
하나세	하잇!
장 씨	가네모토 오장!
	이보게! 산호! 산호!

하나세와 장 씨를 비추던 조명이 다시 꺼진다.

가네모토	독립운동이라고? 자신만의 독립운동?
연희	네
가네모토	아버님처럼?

고개를 끄덕이는 연희

가네모토	아버님과 똑같이?

역시 고개를 끄덕이는 연희

가네모토	(빙그레 웃으며) 과연 장 씨 집안답군.
	(사이)

하지만 아버지랑은 다르지 않나.

아버지 같은 테러리스트는 아니니까.

(사이)

독립이라는 게 조선의 독립이 아니라

본인의 독립이라는 건가?

연희	마음대로 생각하세요.
가네모토	아버지가 지금 억지로 혼인을 시키려고 한다는 건가요?

고개를 끄덕이는 연희

가네모토	본인은 혼인할 생각이 없는데.
연희	저는 모던 걸이 되고 싶어요.
가네모토	모던 걸?
연희	지금은 여자들도 공부를 하고 자신의 뜻을 사내들처럼
	세상에 표현할 수 있습니다. 그렇지 않나요?
	생면부지 알지도 못하는 사람과 혼인할 생각은 없습니다.
가네모토	아버지의 뜻인데도?
연희	시대가 바뀌지 않았나요?
가네모토	시대가 바뀌어도 지켜야 할 건 있지.
연희	어디서 많이 듣던 말이군요.
	(사이)
	이제는 여자도 사내들처럼 학교를 다닐 수 있습니다.

저는 불효를 저지르는 나쁜 딸이 아니에요.

제 인생을 제 손으로 개척하려 하는 겁니다.

미국이라는 나라가 있다고 들었습니다.

영국이라는 아버지 나라로부터 독립을 해 지금은 모두가 이주를

가고 싶어 하는 나라로 발전했다지요.

가네모토   미국.

아메리카를 말하는 거군.

계급도 없고 가난도 없는 신세계라고 들었지.

우리 일본 제국도 미국과 친하게 지내려 노력 중이오.

지금 구라파에서 못된 전쟁을 꾸미는 독일 제국과 맞서

같이 싸우고 있고.

(사이)

아무튼 독립이라!

자네가 말하는 독립은 조선의 독립 따위를 말하는 건 아니로군.

고개를 끄덕이는 연희

가네모토   아버지에게서의 독립.

연희   그게 진정한 독립 아닌가요.

가네모토   박연희 군.

(사이)

별다른 혐의는 없군요.

가만히 연희를 바라보는 가네모토

가네모토	귀가해도 좋습니다.
	그만 집에 가세요.
	(만두를 내밀며) 만두 좀 드릴까?
연희	집이요? 어느 집을 말씀하시는 거죠?
가네모토	안 먹어요?
	(사이)
	어느 집?!
	당연히 지금 너희 어머니와 같이 사는 집이지요.
연희	저의 서방님이 있는 시집이 아니고요?!

유쾌하게 웃는 가네모토

가네모토	어디든 가고 싶은 곳으로 가요.
	자기 인생을 개척하라고요.
연희	어떠세요?
가네모토	뭐가요?
연희	오장님도 자기 인생을 개척하신 거 아니신가요?
	비록 사람들한테 욕은 먹지만.
가네모토	내가 그렇게 보이나요?
	나라 팔아먹은 매국노가 아니고?

연희	저는 정치적인 건 잘 모릅니다.
	그저 젊은 한 여자로 솔직하게 말하는 겁니다.
가네모토	다들 정치적인 이야기는 막상 아무도 하지를 않는군.
연희	잘 할 수 있을까요?
가네모토	자신이 있나요?
연희	사실 무엇부터 해야 할지 모르겠어요.
가네모토	처음엔 다 그렇습니다.
연희	정말 제가 옳은 판단을 하는 걸까요?
가네모토	본인의 인생입니다.
	누구도 책임지지 않아요.
연희	오장님은 만족하세요?
	오장님의 선택을?
가네모토	저는 제 계획대로 여태 살아왔습니다.
	(책상 위 전화기를 물끄러미 쳐다보며) 결과는 하늘에 맡겨야죠.
연희	두렵지 않으세요?
가네모토	(짓궂게 미소 지으며) 아버님만 갑자기 안 나타나면 괜찮습니다.
연희	아버지를 떨쳐낸다는 게 가능할까요?
가네모토	어른이 되고자 하는 모든 사람들이 이겨내야 하는 것이지요.
	아버지를 떨쳐내는 것.
연희	저도 사람들에게 비난을 받을까요?
가네모토	무얼 하든 사람들은 비난을 합니다.
	(사이)

평판에 신경 쓰지 마세요.

진정한 독립은 사람들의 평판으로부터도 자유로워지는 것입니다.

(혼잣말을 하며) 진정한 독립….

사람들의 평판….

연희 하지만 지금은….

지금은 갈 곳이 없어요. 오장님

(사이)

지금은. 당장은. 이제는.

갈 곳이 없어요.

가네모토 진정한 독립….

사람들의 평판….

책상 위 만두를 한참 쳐다보는 가네모토

가네모토 결과.

결과.

독립.

조명이 서서히 꺼진다.

암전

3막

무대가 밝아지면

가네모토와 장 씨가 나란히 앉아 있다.

책상 한가운데에 권총을 올려놓는 가네모토

장 씨	이게 뭔가?
가네모토	챙기세요.
장 씨	뭐?
가네모토	빨리 챙겨요. 누구 오기 전에.
장 씨	자네 지금 뭐 하는 건가?
가네모토	깨끗한 총입니다. 걱정 안 하셔도 돼요.
	언제였더라.
	예전에 공산주의자 빨갱이 잡으면서 몰래 가져온 거예요.
장 씨	지금 나한테 진짜 총을 주는 건가?
	일본군 순사가 독립운동 하는 조선인한테?
가네모토	필요 없어요?
	(사이)
	빨리 주머니에 집어넣어요. 누가 보기 전에

권총을 챙기는 장 씨

장 씨   지금 대체 뭐 하는 건데?

가네모토   지금부터 제가 하는 말 잘 들으세요.

장 씨   무슨 꿍꿍이인가?

                 내 딸은?

                 연희는 집에 잘 들어갔나?

가네모토   본인의 독립을 외치다니.

                 따님과 대화를 많이 하셔야겠어요.

장 씨   묻는 말에나 대답하게.

                 연희는 집에 갔냐니까?

가네모토   독립이라.

                 오늘따라 그 단어가 참 귀하게 느껴집니다.

                 따님도 그렇고

                 아저씨야 항상 독립을 입에 담으시고.

                 (사이)

                 저도 독립을 좀 해야겠습니다.

장 씨   자네만의 독립?

가네모토   누구든 언젠가는 독립을 해야 하지 않습니까.

장 씨   자네는 이미 독립을 하지 않았나?

                 아주 제멋대로

                 나라까지 팔아먹으면서 독립한 것 아닌가?

가네모토	누구나 저마다의 사정이 있지요.
장 씨	자네도 강제로 혼인을 하게 되나?
	젊은 친구들. 정말 이해를 못하겠군!
	혼인을 하면 그게 바로 독립을 하는 것인데!
	슬프도다! 세상이 점점 미쳐가고 있어!
가네모토	저를 위해 해주실 일이 있습니다.
장 씨	흥! 뭔가?
가네모토	저녁 사이에 만세 소요를 일으켜 주십시오!
장 씨	만세 소요?
가네모토	대한─독립─만세!

놀란 표정으로 말없이 가네모토를 쳐다보는 장 씨

가네모토	사람들이 대한 독립 만세를 외치게 선동해주세요.
장 씨	자네 진심인가?
가네모토	저도 독립을 해야 한다고 아까 말했죠?
	저 아직 독립을 한 게 아닙니다.
	(사이)
	여기. 이 빌어먹을 고향에 아직도 발붙이고 있다고요.
장 씨	(헛웃음을 치며) 자넨 자네 고향이 싫은가?
	자네 당산목 댁 장손이야.
가네모토	맞아요. 저 당산목 집 아들입니다.

그 당산목이.

고목이 돼서 말라비틀어진 그 나무가

아직도 내 발목을 붙잡고 있는 것 같아요.

(사이)

저는 이제 다 컸습니다.

이 동네를, 고향을 이제 떠나야 합니다.

그러니 도와주십시오.

장 씨   자네. 정말 나쁜 놈이군!

나라를 팔아먹는 것도 모자라

이제는 고향과 부모를 욕보이는 건가.

가네모토   아저씨!

만세 소요를 선동해주십시오!

장 씨   산호!

가네모토   아직까지 끝내 전화가 안 왔습니다.

아무래도 승진이 안 될 것 같아요.

승진이 안 된다면 제가 왜 안 되는 걸까요?

장 씨   자업자득이지.

조상님들은 다 보고 계시다네.

가네모토   저 정말 열심히 일했습니다.

아저씨의 그 빈정거림이나 무수히 많은 욕을 다 들으면서도

정말 밤낮없이 일했다고요.

(사이)

그런데 왜! 왜 대체 진급을 못하는 거죠!

조선인이라? 결국은 조선인이라?

장 씨   그러니까 왜놈들 밑에서 일해 봤자 결국은 팽만 당하는 법이야.

가네모토   아니요! 아니요!

왜인지 아세요? 아시겠어요?

(사이)

아무 일이 없어서예요.

아무 일도 없어서.

장 씨   이해가 안 가는군.

아무 일도 없으면 좋은 거 아닌가?

가네모토   아니죠! 아닙니다!

정말 아무것도 모르시는군요.

아무 일도 없다는 건

실적을 올릴 수도 없다는 것 아닙니까.

(사이)

결과.

결과가 없다고요. 결과가.

실적이 없으니까 승진이 안 되는 거라고요.

장 씨   그래서 만세 소요를 만들어 달라?

가네모토   여기 이 동네는 인심도 좋고 평화로운 곳이지요.

그러니 실적을 올릴만한 사건도 하나 없지요.

(사이)

아저씨. 만세 소요를 선동해주세요!

만세 소요가 일어날 때 제가 진압을 하는 겁니다!

장 씨   *(한동안 가만히 있다가)* 가네모토. 김산호. 자네.

내가 정말 할 거라고 생각하나?

가네모토   하셔야 합니다.

장 씨   거부하겠네.

가네모토   하셔야 할 겁니다.

장 씨   지금 경찰이라고 압박하는 건가?

자네는 나에게 빚졌다는 걸 잊지 말게!

가네모토   따님을 생각하셔야죠.

장 씨   뭐라고!

(자리에서 벌떡 일어나) 연희 지금 어디 있나?!

가네모토   오까께 구다사이ー

자리에 다시 앉는 장 씨

가네모토   따님은 지금 잘 있으니 걱정하지 마세요.

장 씨   자네… 이렇게까지 타락했나.

가네모토   아저씨는요?

독립운동을 한다면서 돈놀이를 하시는 분이 할 말은

아닌 것 같군요.

(사이)

따님은 잘 있습니다.

지금 하나세 군과 즐거운 시간을 보내고 있어요.

장 씨	어서 딸을 돌려주게!
가네모토	아저씨가 도와주시면요.
장 씨	(한참 가네모토를 쳐다보다가) 자네 제안은 받아들일 수 없네.
가네모토	아저씨도 제가 험하게 다룰 수 있습니다.

제 평판에는 문제가 생기겠지만요.

장 씨	만세 소요를 선동하면 결국 내가 책임져야 하지 않은가.

자네 말대로 나 돈놀이하는 사람이네.

절대 손해 보는 장사는 하지 않아.

가네모토	걱정하지 마십쇼.

저는 저대로 평판에 문제가 안 생기면서 다음번에 승진 할 수 있

고 아저씨도 아저씨대로 절대 손해 보지 않고 오히려

더욱더 독립운동을 원대로 할 수 있는 방법이 있습니다.

장 씨	그게 뭔가?
가네모토	솔직히 하나 물어보죠.

아저씨는 독립운동에서만 그치실 건가요?

장 씨	무슨 말을 하고 싶은 거야?
가네모토	조선이 독립을 한다고 합시다.

그러면 당연히 그다음을 생각하셔야죠.

장 씨	그다음?
가네모토	지금 독립운동을 하는 사람들이 한쪽은 자본가 그리고

다른 한쪽은 공산주의자로 나뉘어 있지 않습니까!

장 씨   흥! 빨갱이 놈들!

가네모토   독립을 하면 누가 정권을 잡고 주도권을 쥐느냐를 두고

            당연히 다투지 않겠어요!

고개를 끄덕이는 장 씨

가네모토   만약 빨갱이 놈들이 정권을 잡으면 어떻게 되는 건가요?

            아저씨 입장에서는 그런 독립은 의미가 없는 거 아닙니까?

            빨갱이 놈들이 정권을 잡으면 아저씨가 지금 이렇게 돈놀이까지

            해가며 독립을 위해 고생하시는 게 헛된 일이 되는 거잖아요.

장 씨   상상만 해도 끔찍하군.

가네모토   아저씨가 바라는 게 단순히 독립입니까

            아니면 빨갱이들까지 없는 완벽한 독립입니까?

장 씨   그래서 그게 어땠다는 건가?

가네모토   죽 쒀서 개 줄 수는 없겠지요?

            (사이)

            만세 소요를 일으켜 주세요!

            그러면 혐의는 모두 그 빨갱이 놈들에게 씌우겠습니다!

장 씨   나보고 동료를 팔라는 건가?

가네모토   독립 이후를 생각하세요.

장 씨   그래도 어떻게….

지금은 힘을 하나로 합쳐야 할 때야.

가네모토   중국 장개석이 어떻게 됐는지 잊으셨나요?!

짧은 침묵이 흐른다.

가네모토   저녁에 사람들이 거리로 나와 대한독립만세를 외치게 선동해주
세요.
그러면 저는 실적을 쌓게 되고
연희는 댁으로 무사히 돌아갈 겁니다.
아저씨는 빨갱이들이 없어지니 앞으로 하시고 싶으신 만큼
더욱더 마음껏 일을 하실 수 있으실 거고요.
공산주의자들이 사라지면 독립운동 자금도 더 많이 걷을 수 있지
않을까요?

장 씨   나라를 팔더니
이제 나에게 동료를 팔라고 강요하는군.

가네모토   파는 것!
이미 아저씨께서 하고 계신 일 아닙니까.
저도 지금 정치적인 발언을 하는 게 아닙니다.
(사이)
비즈니스.
그저 살아남기 위한 비즈니스 이야기죠.
시대가 아무리 어떻게 바뀌어도 변치 않는 긴….

	알아서 각자 살아남아야 하는 거 아닙니까!
장 씨	자본주의 시대에 잘 적응해 살고 있구만.
가네모토	새로운 시대 아닙니까.
	아저씨도 더욱 노력을 하셔야죠.
장 씨	담배 한 대 주게—

장 씨에게 담배를 한 개비 건네는 가네모토

| 가네모토 | 하시는 거죠? |

말없이 담배에 불을 붙이는 장 씨

| 가네모토 | (만두를 건네며) 드세요. |

말없이 손으로 거부하는 장 씨

가네모토	거부하시겠다는 겁니까?
	저랑 같이 하시기 싫으시다?
장 씨	나가는 길에 내가 사 먹겠네.
	난 빨갱이가 아니야.
	내가 먹을 건 내 돈으로 사 먹네.
가네모토	알겠습니다.

(만두를 한 입 집어넣으며) 그럼 하시는 걸로 알겠습니다.

담배 연기를 내뿜는 장 씨

이때, 무대 위로 하나세가 들어온다.

장 씨, 담배를 바닥에 비벼 끈다.

하나세가 황당하다는 표정으로 쳐다본다.

조용히 자리에서 일어나는 장 씨

순간, 가네모토 책상 위 전화가 울린다.

전화벨 울리는 소리 (E)

긴장된 표정으로 전화를 받는 가네모토

가네모토   모시모시.

                하잇! 와따시와 가네모토 데스.

                하잇! 하잇!

                (수화기를 떼고) 하나세.

하나세   하잇!

가네모토   자네 전화네.

전화를 받는 하나세

하나세가 통화를 하는 사이에 터벅터벅 경찰서 밖으로 향해 걷는 장 씨

장 씨   딸 아이는?

| 가네모토 | 바로 보내겠습니다. |
| 장 씨 | 전화하겠네. |

무대에서 퇴장하는 장 씨

하나세	(전화를 끊으며) 집에 가는 겁니까?
가네모토	혐의가 없지 않나.
하나세	그래도 그냥 저렇게 보내줘도 되는 겁니까?
가네모토	그럼 어떡하나?
	길에서 혼자 중얼중얼 거린 것으로 집어넣는다고?
	일을 열심히 하는 건 좋지만
	자네 그렇게 일하다가는 나중에 망신당하네.
	(사이)
	전화는 무슨 전화였나?
하나세	만세 시위 관련한 전화였습니다.
가네모토	만세 시위 단속하라는 명령이군.
	(사이)
	지금 몇 시인가?
하나세	이제 곧 어두워집니다.
가네모토	어둡기는 아까부터 어둡지 않았나?
	(혼잣말로) 요즘은 항상 어두운 것 같아.
	오늘따라 더 어둡고.

쿠라이. 이빠이 쿠라이데스.

(사이)

데이트는 어땠어?

좋았나? 조선 여자랑은 처음이지?

쑥스럽게 웃는 하나세

가네모토   일 마무리하고 퇴근하게.
하나세   하잇!

자기 자리로 돌아가 앉는 하나세
가네모토, 바닥에 버려져 있는 담배꽁초를 허리를 굽혀 줍는다.
담배꽁초를 매만지며 지켜보다가 다시 바닥에 버리는 가네모토
새로 담배를 꺼내 불을 붙인다.
담배 연기를 내뿜는 가네모토
조명이 서서히 꺼진다.

암전

4막

밝아지면

가네모토가 자기 책상에 앉아 전화기만을 쳐다보고 있다.

손장난을 하며 초조해하는 모습

잠시 후, 전화가 울린다.

전화벨 소리 (E)

자리에서 벌떡 일어나 급하게 전화를 받는 가네모토

가네모토   모시모시!

              (사이)

              모시모시? 모시모시?

고개를 갸웃거리며 수화기를 내려놓는 가네모토

잠시 후, 전화가 다시 울린다.

전화벨 소리 (E)

다시 급하게 전화를 받는 가네모토

가네모토   모시모시!

                (사이)

                모시모시? 모시모시?

다시 수화기를 내려놓는 가네모토

가네모토   미쳐가는 건가!

                헛것이 들리는데!

자리에서 일어나 벽에 귀를 대는 가네모토

가네모토   조용하군.

                너무 조용한데.

짧은 정적

가네모토 책상 위 전화가 울린다.

전화벨 소리 (E)

말없이 전화 있는 쪽을 바라보는 가네모토

계속해서 울리는 전화

가네모토   모시모시!

                (사이)

아저씨!

(사이)

알겠습니다. 네.

수고하세요.

수화기를 내려놓는 가네모토

잠시 후, 아주 작게 '대한독립만세' 소리가 들려온다.

다시 벽으로 다가가는 가네모토

점점 커지는 '대한독립만세' 소리

가네모토　　　　(알 수 없는 미소를 지으며) **드디어 시작되었구만.**

계속 벽에 귀를 대고 '대한독립만세' 소리를 듣는 가네모토

더욱 커지는 '대한독립만세' 소리

잠시 후, 전화기가 또 울린다.

가네모토　　　　모시모시!

어! 하나세!

그래. 지금 밖이 시끄러운 것 같은데.

그래. 그래. 알았네.

(사이)

잡아 들여. 다 잡아 들여!

전화를 끊는 가네모토

만세 소리가 더욱 커지고 경찰서 밖이 시끄러워진다.

흐뭇한 표정을 짓는 가네모토

만세 소리를 따라 천천히 걸음을 옮기는 가네모토

어느새 유치장 안에 들어가 있다.

텅 빈 유치장 안에 앉는 가네모토

가네모토   (천천히 바닥에 누우며) 힘든 하루네.

             눈을 좀 붙여볼까.

유치장 바닥에 누워 있는 가네모토

바로 다시 전화가 울린다.

시끄럽게 울리는 전화벨 소리 (E)

그냥 그대로 누워 있는 가네모토

전화벨 소리와 만세 소리가 점점 계속 증폭되어 커지며

시끄러운 소리들이 서로 섞인다.

서서히 어두워지는 조명

전화벨 소리와 만세 소리가 아주 시끄러워지면서

바로 뚝 멈춘다.

그 순간 모든 조명도 한꺼번에 꺼진다.

암전

END

인(人 : Inn)

[배경]

현대

전라도 광주시 동구 황금동 골목

[등장인물]

아버지	58년 개띠
아들	85년 소띠
민박집 여주인	68년 원숭이띠

[무대]

조명을 기준으로

무대 왼편은 민박집 방안

무대 오른편은 골목길로 나뉜다.

왼편의 조명은 하얀색, 오른편의 조명은 노란색이다.

1막

무대 오른편 골목길이 밝아진다.
아버지와 아들이 나란히 골목길을 걷는다.

아버지 (제자리걸음을 하며) 아직 멀었냐?

(사이)

아직 멀었냐고!

아들 조금만 더 참으세요.

아버지 얼마나 더 참으라는 거냐!

아들 얼마 안 남았어요.

아버지 가도 가도 끝이 없구나.

제자리걸음을 하는 것 같다. 다람쥐 쳇바퀴도 아니고.

니 녀석 인생 같구나.

아들 (두 발짝 앞으로 간 후 다시 제자리 걸음을 하며) 저 이제 시작이에요.

아버지 뭐 이제 태어났냐?

아들 그동안은 학생이었잖아요.

주민등록증 나오고 이제 갓 성인이 됐다고요.

아버지 흥! 올챙이가 잘되어봤자 개구리지.

	뭐 용이라도 되는 줄 아니?
	니가 학교 다닐 때 그 모양 그 꼴로 공부하니
	이렇게 지방으로 내려오는 거 아니냐!
아들	제가 원하는 학과가 있어서 여기 오는 거예요.
아버지	어린놈이 벌써부터 말만 그럴싸하게 하는 거 봐라.
아들	아버지가 뭘 안다고 그러세요?
아버지	난 니 애비다.
아들	마음에 안 든다는 건 알지만 그래도 응원 좀 해주세요.
	아들 인생, 이제 시작이에요.
아버지	(두 발짝 앞으로 간 후 제자리걸음을 하며) 됐다.
	첫 단추가 잘못 끼어졌는데 꼭 끝까지 다 입어봐야 아니?
아들	첫 단추가 잘못되었다는 거예요?
아버지	대학교를 이런 지방으로 다니는데 잘못된 거 아니냐!
아들	제가 공부하고 싶은 걸 배울 수 있다니까요.
	그리고 이래봬도 4년제예요.
아버지	옛말 틀린 거 하나도 없다.
	말은 제주도로, 사람은 서울로 가야 하는 법이야.
아들	저 장학생이에요.
아버지	그래서? 그게 뭐?
아들	장학금 받고 가는 거예요.
아버지	무슨 말이 하고 싶은 거야?
	(사이)

지금 나 탓하는 거냐?

대학 갈 돈도 못 해주는 애비라고?

아들   (한숨을 쉬며) 그런 거 아니에요.

아버지   괘씸한 놈 같으니라고.

니 녀석이 서울대를 간다고 해 봐라.

(무언가 불안한 마음에 주변을 두리번거리기 시작하며)

내가 빚을 내서라도 니놈 대학교 보내지.

무대 왼편, 민박집 방 안 조명이 켜진다.
한 손에 빗자루를 든 채 방안에서 청소를 하는 민박집 여주인

아버지   (몸을 돌려 무대 뒤를 향하며) 나 간다!

무대 뒤편으로 사라지려 하는 아버지

아들   또 왜 그래요?

아버지   됐다! 나 다시 올라간다!

아들   아버지….

아버지   (주변을 두리번거리며) 이 아버지를….

평생 너를 키워 온 이 애비를 돈 없다고 괄시하는 거냐.

아들   알았어요… 죄송해요.

아버지   지금 사과하는 거냐?

아들   네.

아버지	그럼 보여주렴. 너의 진심을.
아들	어떻게요?
아버지	(다른 곳을 쳐다보며) 우선 무릎을 꿇어.
아들	싫어요.
아버지	(또 다른 곳을 바라보며) 큰소리로 아버님, 죄송합니다 라고 외쳐.
아들	싫다고요.
아버지	그렇다면 이 아버지를 안아주렴.

아버지를 크게 포옹해 안아주는 아들
골목길 조명이 다소 어두워진다.
민박집 여주인, 방 안에서 무대 밖으로 잠시 퇴장한다.
동시에 민박집 방 안 조명은 꺼진다.

아들	곧 해가 질 것 같아요.
	서둘러요.

다시 제자리걸음을 하는 아버지와 아들

아버지	아직 멀었니?
아들	조금만 더 참으세요.
아버지	대체 얼마나 더 참으라는 거냐!
	(사이)
	나는 여기가 마음에 안 든다!

아들	조금만 더 가면 돼요.
아버지	제자리걸음하기 싫다.
	더 이상은 하기 싫어.
	너는 모르겠지만 나는 이미 진절머리가 난 사람이다.
	아무 소득도 없이 걷기만 하는 것에 말이다.

골목길 조명이 더 어두워진다.
성난 개가 짖는 소리가 들린다. (E)

아버지	(순간 깜짝 놀라 몇 발자국 뒤로 물러선 후)
	하늘의 우렛소리. 땅 위에 아우성 불바다.
	피투성이 새우기 몇 밤.

의아한 표정으로 아버지를 쳐다보는 아들
민박집 방 안 조명이 다시 켜진다.

아버지	(어깨에 힘을 잔뜩 주고 당당하게)
	이 나라 해병들이 명예 걸메고 목숨 내건 싸움터
	도솔산일세.

민박집 방 안으로 다시 들어오는 민박집 여주인
손을 부들부들 떨기 시작한다

아들	갑자기 무슨 해병대 군가예요?
아버지	도솔산의 노래다.
	너 군대는 꼭 해병대로 가라. 알았니?

바닥에 주저앉아 고개를 숙이고 '아버지, 어머니'를 부르며 기도하기 시작하는 민박집 여주인

아들	제가 알아서 할게요.
아버지	왜? 싫어?
	무서운 거냐?
	나약한 자식.
아들	아버지도 해병대 아니잖아요.
아버지	공수부대야. 공수부대!
	내가 시험에서 떨어져서 그렇지 공수부대도 해병대 못지않다고.
	너 비행기 위에서 낙하산 하나만 메고 뛰어내려 봤어?
	공수부대나 해병대나 다 똑같은 거야.
	아무나 할 수 있는 게 아니라고. 알았니?
아들	시간이 너무 늦었어요.
	고성방가는 하지 말아 주세요.
아버지	건방진 놈!
	(사이)
	나는 그만 올라가면 안 되겠니?
	어 이상 여기 있기기 싫다.

아들	조금만 더 가면 돼요.

하늘에서 무언가 내리기 시작한다.

아들	(고개를 들어 올려다보며)
	뭐가 떨어지는데요?
아버지	내 눈물이다. 이 녀석아.

갑자기 요란한 빗소리가 들리기 시작한다. (E)
골목길 조명이 완전히 꺼진다.

아들	(무대 왼편 민박집 여주인이 기도하고 있는 쪽을 보며)
	저기 불이 켜져 있는데요.
아버지	불이 켜져 있어?
	좋아. 그러면 들어가야지.
아들	들어가요. 그러면···.
아버지	그런데 여기가 어디냐?
아들	여기요?

핸드폰을 꺼내 검색을 하는 아들
약간 당혹스러운 표정으로 고개를 돌리며 주변을 훑는 아버지

아버지	여기가 어디냐?
	응? 여기가 어디냐고?
아들	황금동이라는데.
아버지	황금동?!
	충장로냐?
아들	네.
	충장로. 충장동이네요.

순간 크게 소리지르는 아버지

혼자서 알 수 없는 말을 중얼거린다.

아들	(무대 왼편으로 들어가며) 실례합니다.
민박집 여주인	(기도하다가 놀라 일어나며) 누구세요?
아들	안녕하세요.
	혹시 방 있나요?
민박집 여주인	네. 여기로 들어오세요.
아들	(무대 왼편으로 완전 들어 와 방을 훑어본 후)
	혹시 식사도 되나요?
민박집 여주인	시간이 좀 지나기는 했는데….
	혼자 드실 건가요?
아들	아니요.
	아버님을 모시고 와서요.

민박집 여주인	아버님이요?
	(사이)
	요즘 보기 드문 효자인가 보네요.
아들	네?
	(민망해하며) 그런 건 아니고요.
	귀찮으시면 안 해주셔도 됩니다.
민박집 여주인	괜찮아요.
	대신에 찬은 변변치 않아도 괜찮죠?
아들	편하신 대로 해주시면 됩니다.
	감사합니다. 정말 감사합니다.
민박집 여주인	그런데 아버님은 어디 계세요?

여전히 혼잣말을 하며 무대 오른편 골목길을 배회하는 아버지.

아들	(무대 오른편을 보며) 아버지. 아버지!
아버지	(대답하지 않는다)
아들	아버지! 뭐 하세요?
아버지	(아들 쪽을 보며) 뭐? 지금 뭐라고 했니?
아들	들어오세요.
민박집 여주인	그러지 말고 직접 아버님 모시고 와요.
	나는 빨리 상 준비해서 올게요.
	술 드실 거죠?

아들	아버지. 술 한 잔 하실 거예요?
아버지	여기가 충장로라고?
아들	술 마실 거냐고요?
	뭐해요?! 빨리 들어와요!
민박집 여주인	*(무대 밖으로 나가며)* 남은 술은 있으니까 가지고 올게.

무대에서 퇴장하는 민박집 여주인
아버지, 다소 무거운 걸음으로 민박집 방안으로 걸어 들어온다.

아들	갑자기 왜 그러세요?
아버지	집이냐? 너 살 방이야?
아들	민박집이에요.
아버지	집이 아니야?
아들	비가 오잖아요. 비는 피해야죠.
	하룻밤만 자고 다시 나갈 거예요.
	괜찮으세요?
	(사이)
	아빠. 진짜 괜찮아?

빗소리가 계속해서 들린다.
암전

2막

무대 왼편 민박집 방 안만 밝아진다.

바닥에 앉아 있는 아버지와 아들

빗소리는 여전히 요란하다.

아들	쿵! 쿵! 뭐 이상한 냄새 안 나요?
아버지	나, 나는 괜찮다.
아들	무슨 냄새가 나는 것 같은데….
아버지	쿵쿵거리지 마라. 무슨 개새끼도 아니고. 나는 괜찮다. 괜한 소란 피우지 마라.
아들	내가 개새끼면 아버지는 뭡니까?
아버지	하늘의 우렛소리 땅 위에 아우성 불바다 피투성이 새우기 몇 밤 이 나라 해병들이 명예 걸메고 목숨 내건 싸움터 도솔산일세.
아들	(무대로 들어오며) 대체 그게 무슨 노래예요?
아버지	도솔산의 노래.
아들	공수부대 노래예요?
아버지	해병대 노래지.

아들	아버지는 해병대도 아니면서.
아버지	삼촌이 해병대였잖니. 니 작은 할아버지 말이야.
아들	작은 할아버지가 해병대인 것과 무슨 상관이예요?
아버지	삼촌 따라 나도 해병이 됐었어야 했는데….
아들	공수부대도 해병대 못지않다면서요.
아버지	다시 한 번 말하지만….
	해병대 꼭 가라. 알았니?
아들	내가 알아서 한다니까요.
아버지	흥!
	젊은 애들이 알아서 한다는 말. 안 믿는다.
	너를 키워봐서 알아.
	너 같은 애들이 알아서 한다는 말.
	아무것도 안 하겠다는 말이야.
아들	아버지는 젊은 시절 없으셨어요?
아버지	너도 나이 먹으면 알게 돼.
	내가 하는 말이 무슨 말인지.
아들	무슨 말 하시는지는 알겠는데요.
	시대가 바뀌었어요.
	아버지 때랑 시대가 다르다고요.
아버지	(갑자기 아들의 등을 세게 후려친다)
아들	아파요! 뭐 하는 거예요?!
아버지	아프지?

(사이)

뭐? 시대가 변해?

사람 사는 건 다 똑같다. 이 녀석아.

아들   아버지는 그렇게 제가 마음에 안 드세요?

아버지   지금 여기가 어디냐?

아들   민박집이잖아요.

아버지   멍청한 놈.

여기가 서울이냐?

아들   부탁이에요. 그 이야기는 이제 그만 좀 해요.

아버지   니가 원해서 내려온 거라고?

멍청하다 못해 한심한 놈 같으니.

사내가 야망도 없다니.

넌 그런 말도 못 들어봤냐?

보이스 비 앰비셔스!

아들   누가 한 말인데요?

아버지   그게… 한석규 였나?

아들   한석규요?!

(사이)

그런데 진짜 무슨 냄새 나는 것 같지 않아요?

아버지   아까부터 왜 그러는 거냐?

나는 아무렇지 않다니까.

아들   제가 불편해서 그래요. 제가요.

	(사이)
	뭐든 그냥 제가 싫으신 거죠?
아버지	짜증이 나서 그런다.
	멀쩡히 서울 살던 애가 지방대가 뭐냐.
	그것도 하필이면 전라도라니.
아들	전라도가 왜요?
	지금 시대가 어느 시대인데 그런 말을 하세요.
	(사이)
	다 제가 생각이 있고 뜻이 있어서 다니기로 한 거예요.
	아버지 말대로 나름 야망이 있다고요.
아버지	야망은 무슨!
아들	아버지가 젊었을 때랑 달라요.
	뭘 안다고 그렇게 떠드시는 거예요.
	아버지는 허팝이나 페이커가 누군지도 모르시죠?
아버지	너 지금.
	이 애비를 가르치려고 드는 거냐!
	너는 그게 문제야.
	너무 건방져.
	대체 그게 여태 키워준 애비한테 할 소리냐?
아들	솔직히 아버지. 저 키운 적 없잖아요.
	엄마가 키웠지….

이때, 무대 뒤에서 민박집 여주인이 저녁상을 들고 들어온다.

민박집 여주인   식사 왔습니다.

아버지   감사합니다.

                       늦은 시간에 실례하게 됐습니다.

민박집 여주인   아니에요.

                       (저녁상을 내려놓으며) 맛있게 드세요.

아버지   술이 없는데요?

민박집 여주인   어머나! 내 정신 좀 봐!

                       빨리 다시 가지고 올게요.

다시 무대 밖으로 퇴장하는 민박집 여주인

아버지   먹자.

수저를 드는 아버지

뒤이어 수저를 드는 아들

아버지   비가 아주 요란하게 오는구나. 귀신 울부짖는 것 같다.

대답하지 않는 아들

아버지	(반찬 하나를 가리키며) 니가 이거 좋아하나?
아들	아니요.
아버지	(다른 반찬을 가리키며) 그럼 이거 좋아했나?
	이거 니가 다 먹어라.
아들	안 좋아해요.
아버지	언제부터?

역시 대답하지 않는 아들

침묵이 흐른다.

민박집 여주인	(술병을 들고 들어오며) 소주 여기 있습니다.
	소주 맞으시죠?
아버지	(다시 나가려고 하는 민박집 여주인을 보며)
	식사하셨나요?
민박집 여주인	먹었죠. 저는.
아버지	술 좀 하시나요?
	같이 한잔하실래요?
민박집 여주인	(아들을 한 번 쳐다본 후) 제가 왜요?
아버지	(아들을 가리키며) 이 애가 제 아들인데요.
	이제 대학생이 됐거든요.
	여기 광주에 있는 대학교로요.
민박집 여주인	그래서요?

아버지	축하를 하고 싶어서요.
	축하하는 자리는 사람이 많으면 많을수록 좋지 않습니까.
아들	지금 뭐하시는 거예요?
민박집 여주인	이런 경우는 또 처음이네요.
아버지	다른 뜻은 없습니다.
	딱 한 잔만 같이 마셔주시면서 제 아들놈 축하 좀 해주세요.
아들	웃기고 있네.
	제 버릇 남 못 준다더니….
아버지	뭐라고?
아들	아, 아니에요.
	(민박집 여주인을 한 번 보고는) 죄송합니다.
	제가 대신 사과드리겠습니다.
민박집 여주인	사과는 아버지한테 해야 하는 거 아니에요?
	(아들이 의아한 반응을 보이자) 아버지한테 말버릇이 그게 뭐예요?
아버지	(박수를 치며) 옳지! 잘한다!
민박집 여주인	아버지한테 죄송하다고 하세요.
아버지	옳거니! 옳거니!
아들	아줌마가 무슨 상관이세요?
민박집 여주인	어머나! 이 친구 좀 봐!
아버지	됐어요! 됐어!
	그냥 앉으세요. 앉아.
	저 건방진 새끼는 제가 사과드리겠습니다.

	(고개를 숙이며) 죄송합니다.
민박집 여주인	(자리에 앉으며) 나이 드신 분이 주책이라고 생각했는데
	젊은 친구가 예의가 없네요.
아버지	(민박집 여주인에게 술을 따라주며) 다 제가 못 가르친 탓입니다.
민박집 여주인	딱 한 잔 만이에요.
	(아들을 보며) 부모님 살아계실 때 잘해요.
	나중에 후회하지 말고….
	무슨 사정인지는 모르지만 나는 부럽고 보기만 좋구만.
	(혼잣말로) 아버지 얼굴도 이제 가물가물 기억이 안 나네.
아버지	자! 그러면 다 같이 한 잔 합시다!
아들	저는 안 마셔요.
아버지	알았다. 임마.
	(민박집 여주인을 보며) 저희끼리 마시죠. 건배!

잔을 서로 부딪치는 아버지와 민박집 여주인

아버지	음식이 참 맛있습니다.
민박집 여주인	감사합니다.
아버지	음식 하면 역시 전라도죠.
	제가 또 전라도 음식을 엄청 좋아하거든요.
민박집 여주인	다들 그렇게 똑같이들 이야기하대요.
	(아들을 보며)

	그냥 가만히 있네요.
아버지	신경 쓰지 마세요. 저런 녀석.
아들	(민박집 여주인에게 고개를 숙이며) **죄송합니다.**
	(민박집 여주인이 말없이 째려보자 아버지에게 고개를 돌려 숙이며)
	죄송합니다. 아버지.
아버지	죄송하다는 말을 몇 번이나 하는 거냐?
	이 짧은 시간에.
아들	저 축하하는 자리 아니었어요?
민박집 여주인	(자리에서 일어서려 하며) **한 잔 마셨으니 이만 일어나볼게요.**
아버지	(민박집 여주인의 손을 덥석 잡으며) **한 잔만 더 하시죠.**
	한 잔만요.
민박집 여주인	(급하게 손을 빼며) **왜 이러세요?**
	한 잔만 하기로 했잖아요.
아버지	축하는 못 했잖습니까!
	축하주 한 잔 더 같이 드시죠.
아들	싫으시다잖아요. 그만하세요.
아버지	너도 이번에는 같이 한 잔 해라.
아들	진짜 왜 이래요?

갑자기 흐느끼기 시작하는 아버지

아버지	한 잔만 하자. 응? 부탁이다.

(사이)

나 서울로 올라가면

너 졸업할 때까지 나 보러 안 올 거 아냐?

그러니까… 한 잔만.

받아라. 아빠가 주는 술.

얼마 만이니? 이게 대체 얼마만이야?

한숨을 쉬는 아들
민박집 여주인, 다시 자리에 앉아 소주잔을 든다.
아들도 자신의 앞에 놓인 소주잔을 든다.
조명 어두워지고
아버지만을 핀 조명으로 비춘다.

아버지　　　　내가 재미난 이야기 해줄게.

삼촌한테 들은 이야기야. 니 작은 할아버지.

작은 할아버지가 베트콩이랑 싸웠을 때 이야기인데

나트랑인가 나트륨인가 하여간 그런 괴상한 이름의 동네였대.

니 작은할아버지가 새벽에 근무를 서는데 선임인 최 상병이라는

사람과 후임인 김 이병이라는 사람이랑 같이 커피를 마시고 있었

대. 그 커피가 미군 애들이 전투식량으로 가져왔던 커피인데 쓰

기만 하고 맛은 하나도 없었다고 하시더라고.

(손에 든 소주잔을 보며) 이 소주처럼 말이야.

헬리콥터 소리가 들리기 시작한다. (E)

아버지   그래도 어쩌겠니. 전쟁터라 먹을 게 귀한데….

                    아무튼 그렇게 커피에 의지해 잠을 쫓으며 눈앞에 안개 낀 강을

                    바라보고 있는데… 갑자기 눈앞이 번쩍하더래.

기관총 소리가 더해진다. (E)

아버지   뭐지─하는 생각이 끝나기도 전에 옆에 최 상병이랑 김 이병이

                    살려달라고 소리를 지르더래.

더욱더 커지는 기관총 소리 (E)

아버지   온몸이 불에 타서 소리를 지르는데….

조명이 어두워진다.

사람들의 비명소리가 들리기 시작한다. (E)

암전

모든 소리가 서서히 잦아든다. (E)

3막

무대 왼편만이 밝아진다.

상 위에 소주병이 여럿 놓여 있고 바닥에도 소주병이 두세 병 굴러다닌다.

아버지	(민박집 여주인을 보며) 무얼 그렇게 멍하게 계십니까?
민박집 여주인	(순간 놀라며) 뭐라구요?!
	(사이)
	저한테 뭐 원하시는 거 있으세요?
아버지	(민박집 여주인에게 술을 따라주며) 한 잔 더 받으세요.
민박집 여주인	(술을 받으며) 마지막이에요. 진짜 마지막 한 잔.
아들	그만 드세요. 많이 드셨어요.
아버지	섭하게 그 무슨 말이냐.
	(민박집 여주인을 바라보며) 괜찮으세요?
	한 잔 더 가능하죠?
민박집 여주인	(고개를 끄덕이며) 마지막이에요. 마지막.
아버지	(아들을 보며) 거뜬하시다고 하시잖니.
아들	아버지가 걱정돼서 그래요.
아버지	흥! 내 걱정을 다하니 눈물이 나겠구나.
	죄송하지만 제 아들 녀석한테 한 잔 따라주시겠습니까?
아들	저는 그만 마실래요. 더 이상 못 마시겠어요.

아버지	어른이 주시면 받아.
아들	시간이 늦었어요. 이제 그만 주무시죠.
아버지	너와 내가 언제 또 이렇게 시간을 보냈겠니.
민박집 여주인	빨리 받고 마셔요.
아들	(마지못해 술 한 잔을 받고는) 아버지는 정말….
	같이 있으면 너무 불편하네요.
민박집 여주인	젊은 친구.
	아버지한테 쌓인 게 왜 이리 많아?
아들	아줌마는 손님이니까 참는다고 치지만
	저한테는 가족입니다.
민박집 여주인	나는 가족이라는 말만 들어도 울 것 같아.
아들	저도 그래요.
	너무 힘들어요. 가족이라서요!
민박집 여주인	나이 들면 그래도 가족밖에 없어.
아버지	옳으신 말씀!
	그런데 바깥양반께서는 집에 안 들어오시나요?
민박집 여주인	저 결혼 안 했어요.
아버지	그래요? 이렇게 미인이신데!
아들	아버지.
아버지	걱정하지 마라.
	나도 이젠 아무한테나 껄떡 안 댄다.
민박집 여주인	부인 속을 많이 썩히셨나 봐요.
아버지	철없을 때 이야기죠.

아들	몇 년 안 됐거든요.
아버지	내가 너를 싫어하는 게 아니라
	니가 나를 미워하는구나.
민박집 여주인	저희 아버지 생각이 나네요.
아들	아줌마는 아버지를 좋아하시는군요.
민박집 여주인	그리운 거죠…
	식구(食口)라는 게 같이 밥을 먹는 사람들이잖아요?
	그런데 같이 밥을 먹으면서 가까이서 바라보면
	사실 비위가 상할 때가 있잖아요.
아들	맞습니다!
민박집 여주인	아버지는 식사하실 때 맨날 코를 푸셨어요.
	어머니는 쩝쩝거리시면서 트림을 하셨고요.
아들	(박수를 치며) 제 말이 그겁니다.
민박집 여주인	그런데 지금 나도 그래…
	어떻게 먹느냐가 중요한 게 아니라 누구랑 같이 먹냐가
	중요한 것 같더라고.
아버지	(크게 박수를 치며) 옳습니다! 옳아요!
민박집 여주인	나이 먹고 오래된 걸 따분해하지 마요.
	죽어가는 건 사라져야 하는 게 아니라
	그만큼 지금까지 버티고 있다는 거예요.
아들	그런데 무슨 쾌쾌한 냄새 안 나세요?
아버지	그러고 보니….
	나이를 안 물어봤네요.

민박집 여주인	몇 살처럼 보이세요?
아버지	글쎄요. 어디 보자.
	서른 둘? 하나?
민박집 여주인	아버님. 참 재미있으시네.
	말도 안 돼요. 어딜 봐서 그렇게 보여요?
	68년생이에요.
아버지	68년생? 원숭이띠?
	생각보다 나이가 많으시네요.
	동안이십니다. 동안이세요.
아들	견원지간(犬猿之間)이네…
민박집 여주인	별 쓸데없는 말을 다 하네.
	저도 말했으니 아버님이 말할 차례예요.
	연세가 어떻게 되세요?
아버지	나는 58년.
	그 유명한 58년 개띠입니다.
민박집 여주인	우리나라를 대표하는 개들이죠.
아들	뭐라고요?
민박집 여주인	우리나라를 대표하는 개들이라고요.
	58년 개띠들.
아버지	재미있는 표현이네요.
	맞는 말입니다.
	우리나라가 이 정도 잘 먹고 잘사는 것도 다 이 58년 개띠들이 견
	마지로(犬馬之勞)의 마음으로 가족들을 위해 열심히 일 한 결과 아

니겠습니까.

(아들을 흘겨보며) 요즘 젊은것들이야 그런 것도 모르고

지금 누리는 걸 아주 당연하게 여기고 있지만요.

아들	견마지로가 정확히 무슨 뜻인지는 아세요?
아버지	또 아버지를 가르치려 드는구나.
아들	쓰시려면 제대로 쓰시라고요.
	앞뒤가 안 맞잖아요.
	가족을 위해 열심히 일했는데 왜 나라가 발전합니까.
아버지	그건 또 무슨 소리냐?
	가족을 위해 열심히 일한 게 뭐가 문제가 된다는 거냐?
아들	국가 발전을 위해 일하신 거예요?
	가족 먹여 살리기 위해 일하신 거예요?
아버지	하고 싶은 말이 대체 뭐냐!
민박집 여주인	그만! 그만!
	(아들을 넌지시 바라보며) 대학 가는 것도 축하하고
	나도 같이 축하해주려고 억지로 같이 마시고 있는데….
	아버지 좀 존중해주면 안 될까?
아들	아줌마는 아버님이나 어른들한테 화가 나거나
	짜증나신 적 없으세요?
민박집 여주인	있지.
아들	저는 이제 독립을 합니다.
	더 이상 아이가 아니라고요.
	아줌마도 아버님으로부터 벗어나고 싶으셨을 거 아니에요?

민박집 여주인	아빠 얘기 하지 마.
아버지	대체 너는 왜 그 모양이냐?
	그래! 한번 니 이야기 좀 들어보자!
	이제 대학생이라 이거지!
	잘난 대학생 아드님 이야기 좀 들어보자고!
아들	좋습니다.
	(비틀거리면서 일어나며) 제 이야기를 하도록 하죠.
	흥! 시체들 앞에서 혼자 떠들려니 부끄럽네요.
아버지	뭐가 어째!
민박집 여주인	그냥 들어봐요.
아들	부끄러워요. 아시겠어요? 부끄럽다고요.
	창피하고 수치스러웠어요.
	아버지랑 같이 살았던 거.
	아버지의 아들이었던 거.
	그동안 그렇게 살았다고요!
	하지만 아버지는 전혀 하나도 신경 안 쓰시죠.
	필요할 때는 항상 옆에 없었으면서
	정작 자기 일도 아닌 것에는 벌떼같이 달려들고.
아버지	듣기 싫다. 더 이상 지껄이지 마.
	다른 사람 있는 앞에서 무슨 집안 망신이냐?
아들	집안 망신이요?
	진짜 집안 망신은 누가 시켰는데요?
	우리가 왜 뿔뿔이 흩어져 지냈는데요?

	(사이)
	대체 그놈의 가족이 뭔가요? 집은 뭐죠?
	그냥 건물을 뜻하나요? 아니면 조금 더 큰 물리적 공간?
	그것도 아니면 개념적인 이야기인가요?
	혹시 아버지와 아들 같은 인간관계?
	그런데 우리는 저주 받았잖아요.
	우리는 그 누구도 어울릴 수 없어요. 아시잖아요.
민박집 여주인	지금 무슨 말을 하는 거예요?
	무슨 연극 대사도 아니고.
아버지	(움찔하며) 아무 뜻도 없어요. 그냥 흘려들어요.
아들	이 적막은 뭐죠?
	방금 전까지 시끌벅적했잖아요. 지나치게 즐거웠죠.
	(사이)
	마치 누군가의 무덤 앞에 앉아 있는 것 같아요.
	누구의 무덤일까요?
아버지	그만해.
아들	아니요. 오늘은 저의 날이에요. 이 자리도 저를 축하하는 자리라면서요.
아버지	이 애비는 너랑 같이 여기까지 내려왔고 너 기분 좋으라고 술자리도 만들었어.
아들	기분 안 좋아요! 하나도 안 좋다고요!
민박집 여주인	목소리를 낮췄으면 좋겠는데요.
	아까도 말했지만 정말 예의 없는 젊은이군요.

나는 아버지라는 단어만 들어도 울컥하는데.

나도 내 이야기 좀 해볼까요?

내가 여기서 이 여관을 운영하면서 항상 느끼는 게 뭔지 알아요?

여관은 집이 아니다.

아무리 맛있는 밥과 따뜻한 잠자리가 있어도

어쨌든 집이 될 수가 없다!

아버지	(고개를 끄덕이며) 자고로 집이라 하면…
	가정이라 함은…
민박집 여주인	사람과 함께해야 진정한 집이니까요!
	가족이 그래서 중요한 거예요.
아버지	맞습니다!
민박집 여주인	나중에 결혼을 하고 아이를 가져 본다면.
아버지	(아들을 흘겨보며) 그제야 부모 마음을 아는 법이죠.
	(사이)
	인내심이 참으로 필요하죠.
	참을 인(忍), 또 참을 인(忍).
아들	(말을 끊으며) 누구 무덤인지 생각이 났어요.
	(사이)
	어머니. 불쌍한 우리 엄마.
아버지	그만해라. 부탁이다.
아들	(자기 옷의 냄새를 맡으며) 킁! 킁! 맡아져요?
	느껴지냐고요?
	이 냄새… 죽음의 이 냄새….

그때부터예요.

그때부터 이런 냄새가 났어. 죽음의 냄새

쿵! 쿵! 쿵쿵!

민박집 여주인	듣기 민망하네요.
	나도 부모님 두 분을 사고로 일찍 여의었어요.
	세상에 가족에 대한 상처가 없는 사람은 없다고요.
아버지	(혼자 소주를 한잔 마시고) 다 내 잘못입니다.
민박집 여주인	잘못이라뇨?
아들	저주 받았어! 확실해! 나는 저주 받았어!
	그렇게 피를 봤으니 분명 누군가 우리 집에 저주를 걸었을 거야!
민박집 여주인	저주요? 피?
아버지	(말없이 또 소주를 한잔 따라 마신다)
아들	(고개를 숙여 아버지를 바라보며) 아버지.
	무서워요.
	무섭다고요…
아버지	(고개를 천천히 들어 아들을 보며) 뭐가? 임마.
아들	변할까 봐요.
	저도 아버지처럼
	괴물이 될까 봐요.
아버지	그래서 여기까지 온 거냐?
	일부러?
	일부러 여기로 온 거야?
아들	빚을 갚아야 해요.

| 아버지 | (벌떡 일어서며) 건방진 새끼! 이 불효막심한 놈! |

털썩 바닥에 주저앉는 아들
그대로 코를 골며 자기 시작한다.
무대 왼편의 조명이 다소 어두워진다.
빗소리가 다시 들리기 시작한다. (E)

아버지	지겹게도 내리는군.
민박집 여주인	진짜 오랜만이네. 이런 난리바가지통은….
	(자리에서 일어나며) 덕분에 잘 들었습니다.
	우리 집만 쑥대밭인지 알았는데….
	그게 아니라서 다행이네요. 고맙다고 해야 하나….
아버지	한 잔만 더 합시다.
민박집 여주인	(방을 나가려 하며) 너무 늦었어요.
아버지	늦다니요. 늦지 않았습니다.
민박집 여주인	많이 드셨어요.
아버지	뭐든 건 다 때가 있는 법입니다.
	공부도 결혼도 은퇴도 말이죠.
	지금은 한 잔 해야 할 때예요.
민박집 여주인	아니요. 지금은 쓰러질 때예요.
아버지	뭐요?
민박집 여주인	주무시라고요.
아버지	(민박집 여주인의 손을 덥석 잡으며) 한 잔만 더 해요.

민박집 여주인	(손을 뿌리치며) 손버릇이 정말 안 좋으시네.
	주책 그만 떨고 자요.
아버지	(몸을 부들부들 떨며) 부탁합니다. 제발요.
민박집 여주인	왜 이래요?
	괜찮아요? 어디 안 좋아요?
아버지	여기 나 혼자요. 지금 여기 나 혼자라고요.
민박집 여주인	진짜 왜 그래요?
	혼자는 뭐가 혼자예요? 내가 지금 옆에 있잖아요.
아버지	솔직히 무섭습니다.
	사실… 사실 아까부터….
	아까부터 너무 무서웠어요.
	처음 여기 올 때부터. 광주 여기 이 골목에 들어서자마자
	소름이 끼치고 등골이 오싹했다고요.
민박집 여주인	왜요? 대체 무슨 말을 하는 거예요?
	여기 오신 적 있으세요?
아버지	(아무 말 없이 부들부들 몸을 떠는 아버지)
민박집 여주인	안 좋은 일이 있으셨어요?
	왜요? 무슨 일이 있었는데요?
	누가 해코지라도 했어요?
아버지	해코지는….
	내가 했소.
민박집 여주인	여기서 누구랑 싸우셨어요?
아버지	학살이었지.

민박집 여주인	지금 제가 귀신이랑 대화하고 있는 거예요?
아버지	(갑자기 차렷 자세를 취한 후) 보이스 비 앰비셔스!

오른편 골목길의 조명이 켜진다.

아버지	돌아가신 삼촌한테 들은 이야기예요.
	돌아가신 삼촌께서 베트남전에 참전하셨거든요.
	삼촌이 베트콩이랑 싸웠을 때 이야기인데요···.
	나트랑인가 나트륨인가 하는 동네에서 새벽에 근무를 서는데 선임인 최 상병과 후임인 김 이병이랑 같이 커피를 마시고 있었대요. 그 커피가 미군 애들이 전투식량인데 쓰기만 하고 맛은 하나도 없었다고 하더라고요···.
민박집 여주인	관심 없어요.
아버지	나는 항상 삼촌을 동경했습니다.
	병약하고 샌님 같았던 아버지와는 달리 삼촌은 만화영화에 나오는 뽀빠이 같은 사내 중의 사내 같은 사람이었거든요.
민박집 여주인	저는 이만 가볼게요.
아버지	그래서 삼촌처럼 해병이 되고 싶었답니다.
	하지만 아쉽게도 떨어졌죠.
민박집 여주인	안녕히 주무세요. 뭐 불편하신 거 있으시면 말씀하시고요.
아버지	공수부대에 들어갔고
	80년 5월.
	이곳에 왔습니다!

나가려다가 순간 멈칫하는 민박집 여주인

천둥소리(E)

아버지   (들뜬 표정으로 민박집 여주인의 뒷모습을 보며)

공수부대 훈련이 얼마나 무서운지 아세요?

또 동시에 엄청 재미난 것도 알아요?

고개를 돌려 아버지를 쳐다보는 민박집 여주인

아버지   아. 군대 얘기는 별로 안 좋아하시나?

여자들은 남자들 군대 얘기 별로 안 좋아하죠.

대신에 재미난 이야기를 하나 해줄게요.

몸을 떨기 시작하는 민박집 여주인

다시 한 번 천둥소리(E)

아버지   이게 이래봬도 돌아가신 삼촌한테 들은 이야기입니다.

돌아가신 삼촌께서 베트남전에 참전하셨거든요.

삼촌이 베트콩이랑 싸웠을 때 이야기인데요….

나트랑에서 새벽에 보초 근무를 서고 있었는데

선임인 최 상병과 후임인 김 이병이랑 같이 커피를 마시고 있었

대요. 그런데 말이죠.

민박집 여주인   여기 온 적 있다구요?

	이 동네 왔었다고요?
아버지	네?
	아. 네. 그렇다니까요.
민박집 여주인	그게 언제라고요?
아버지	베트남전이요. 그러니까 그게 나트랑이라고.
민박집 여주인	(아버지의 말을 끊으며) 삼촌 말고요!
	당신!
	여기 온 게 언제냐고!
아버지	(한숨을 크게 내뱉은 후) 일천구백팔십 년.
	팔월.
민박집 여주인	해, 해병대였다고 했죠?
아버지	지금 날 놀리는 겁니까!
	아니라고요! 아니라고!
	난 삼촌처럼 되고 싶었어!
	멋있는 남자가 되고 싶었고 집안의 자랑이 되고 싶었어!
	하지만 하지 못했어! 결국 실패했다고!
민박집 여주인	80년.
	5월.
	공수부대로.
	광주 여기 이 황금동에 왔다고요?
아버지	황금동?
	황금은 무슨.
	충장로였지….

민박집 여주인	이젠 더 이상 떨지도 않고 두려워하지도 않네요.
아버지	덕분입니다.
민박집 여주인	아니요! 아니요! 아니요!
	아니에요!
	아니야! 아니야!
아버지	갑자기 왜 그렇게 불안해하세요?
	(사이)
	내가 재미난 이야기를 하나 들려줄게요.
민박집 여주인	하지 마요. 듣기 싫어요.
아버지	(민박집 여주인의 손을 다시 잡고) 그러지 말고 들어봐요.
민박집 여주인	(아버지를 밀치며) 이거 놔!
아버지	(크게 한번 웃고 난 후) 삼촌한테 들은 이야기야. 우리 삼촌.
	삼촌이 베트콩이랑 싸웠을 때 이야기인데… 그 양반이 나트랑에
	서 새벽에 선임인 최 상병이랑 후임인 김 이병과 같이 경계근무를
	섰는데… 미군 애들이 주고 간 커피를 마시면서 서고 있었대요.

헬리콥터 소리가 들리기 시작한다. (E)

민박집 여주인	(무대에서 관객석 뒤쪽을 향해 걸어가며) 시끄러워요!
아버지	아무튼 그렇게 커피에 의지해 잠을 쫓으며 눈앞에 안개 낀 강을
	바라보고 있는데….

기관총 소리가 더해진다. (E)

관객석 뒤로 걷다가 비명을 지르고 주저앉는 민박집 여주인

아버지	이른 아침에 총 타는 냄새 맡아봤어요?
	나는 그 냄새가 너무 좋았어요.
	난 그 냄새가 너무 좋아.
민박집 여주인	(주저앉은 상태로 흐느끼며) 엄마! 아빠!
	살려주세요! 살려주세요!

더욱더 커지는 기관총 소리 (E)

아버지	최 상병과 김 이병이 소리를 질렀대요.
	온몸이 불에 타면서 말이죠.
민박집 여주인	죄송해요. 죄송해요.
	살다 보니. 먹고 살려다 보니.
	같은 지붕 아래에서 같이 술을 나눠 마셨어요.
	죄송해요. 용서해주세요.
	그렇다고 제가 변해버린 건.
	모르겠어요. 솔직히 지금은 잘 모르겠어요!
아버지	계속 소리를 질렀어요.
	살려달라고. 살려 달라고….
민박집 여주인	그만 해요! 제발! 그만!

순간 모든 소리가 멈춘다.

잠시 정적이 흐른다.

아버지   그때 내가 어떻게 했는지 알아요?

                    (사이)

                    도망쳤어요. 맞아. 도망쳤어. 그냥 도망쳤어.

                    부끄럽지만 사실이야.

                    그냥 뛰었어. 도망친 거지.

                    아무 생각 없이 뛰었어요. 뛰기만 했어요.

폭탄 하나가 하늘에서 떨어지는 소리가 들린다. (E)
조명이 순간 번쩍한다.
잠시 후, 핀 조명이 아버지를 비춘다.

아버지   그 다음은… 그 다음은….

                    기억이 안 나요. 기억이 안 나. 전혀. 전혀 안 나.

                    어느새 늙어버렸나 봐요. 나도 모르게….

                    (사이)

                    나이가 든다는 건 참 서글픈 거예요. 그렇지 않아요?

                    그렇죠?

                    (사이)

                    여보세요. 이봐요.

                    내 말 듣고 있어요?

                    내 말 들리냐고요?

조명이 다 꺼진다.

잠시 후, 무대 왼편만 조명이 켜진다.

무대 위에 잠에서 깬 아들의 모습만이 보인다.

아들   (크게 하품을 크게 하고는) **잘 잤다!**

(배를 긁적거리며) **배고프네.**

엄마!

엄마! 배고파!

(사이)

엄마?

자리에서 일어나는 아들

무대 오른편의 조명도 켜진다.

무대 오른편으로 이동하는 아들

동시에 무대 왼편의 조명이 꺼진다.

성난 개가 짖는 소리가 들린다. (E)

아들   **엄마?**

(골목길을 두리번거리며) **엄마? 엄마 어딨어?**

헬리콥터 소리가 들리기 시작한다. (E)

아들   **아빠! 아빠!**

아빠 어딨어? 아빠! 아빠!!

기관총 소리가 들린다. (E)

아들   아빠! 아빠!
                               엄마! 엄마!

더욱더 커지는 기관총 소리 (E)
두려움에 소리를 지르는 아들
이와 함께 알 수 없는 한 여자아이의 비명소리가 들린다. (E)
암전
헬리콥터 소리와 기관총 소리가 고막을 터트린다. (E)
폭탄 하나가 떨어져 모든 것을 파멸시키는 굉음이 이어진다.
잠시후, 빗소리만...
서글픈 빗소리만이 들릴 뿐이다.

                                                   END

소우주

[배경]

멀지만 가까울 수도 있는 미래

태희의 집 안

[등장인물]

오태희	40대 여성. 역사학자
맹순	태희의 어머니. 우주비행사. 60대지만 겉모습은 20대.
	태희의 어머니이지만 오랜 우주여행으로 태희보다 어려 보인다.
임 박사	40대 남성. 인간복제 회사 '롱 라이프' 관계자이자 의사
소희	5~7세 여자아이. 태희의 복제인간. 성인배우가 대신 연기를 한다.

[무대]

태희네 집 안

무대 왼편에는 테이블이 오른편에는 침대가 놓여 있다.

침대 옆에는 작은 의자가 있다.

그 외 무대 구성은 연출자 재량에 맡긴다.

1막

밝아지면

태희가 한 손에 서류철을 든 채 침대 위에 걸터앉아 있다.

서류를 한참 쳐다보는 태희

기침을 심하게 한다.

손수건으로 입을 막는다. 피가 흘러나온다.

잔기침을 마저 하며 서류에 사인을 하는 태희

서류철을 내던지고 주머니에서 담배를 꺼낸다.

담배를 피려고 할 때 다시 기침을 한다.

입에서 다시 피가 나온다.

태희   씨발―

담배를 다시 주머니에 넣고 침대에 눕는 태희

이때, 임 박사가 무대 위로 들어온다.

계속 잔기침을 하는 태희

임 박사	괜찮으세요?
태희	네.
임 박사	어디가 화장실인지 한참을 찾았네요.
태희	아까 제가 말할 때 제대로 안 들었나 보죠.
임 박사	잊어버렸습니다.
태희	이 방 저 방 다 들어가 봤겠네.
임 박사	아, 아닙니다.
태희	어떤 방에 들어가 보셨죠?
임 박사	글쎄요. 바로 나와서요.
태희	특징이 있었을 거 아니에요. 특징이.
임 박사	그냥 책이 많았어요.
태희	읽어보셨나요?
임 박사	책이요? 아니요.
	말씀드렸잖아요. 바로 나왔다고요.
태희	그냥 나왔다고요?
임 박사	네.

다시 기침을 하는 태희

태희	(가까이 오는 임 박사를 손으로 밀어내며) **의사 선생님은 제가 누군지 모르세요?**
임 박사	알죠. 오태희 씨 아닙니까.

태희	아니 이름 말고.
	내가 어떤 사람인지 아냐고요?
임 박사	역사학자시라고 들었습니다.
태희	들었다고요?
임 박사	네.
태희	원래 알지는 않고?
임 박사	네.
태희	제 책을 읽어본 적이 없나요?
	미국제국 흥망사? 21세기 공산주의 혁명?
임 박사	죄송합니다. 다 읽어본 적이 없네요.
	(사이)
	요즘 세상에 누가 책을 읽나요?
태희	하긴 그렇죠. 요즘 누가 책을 읽겠어요.
임 박사	아! 대신 어머님은 잘 알고 있습니다.
	대한민국 최초로 명왕성까지 간 우주인!
태희	그만해요.
임 박사	사실 그걸로 더 유명하지 않으신가요?
	최초로 명왕성을 간 어머니를 둔 역사학자!
	어머니는 우주! 따님은 역사!
	무언가 다르지만 어쨌든 모녀가 다 이 시대
	진정한 탐험가들 아닙니까!
태희	다른 정도가 아니라 완전 정반대예요.

임 박사	자랑스러우시겠어요!
태희	(잔기침을 참으며) 그만하세요.
임 박사	그거 아세요? 어머니 명왕성 탐사를 후원한 회사가
	바로 저희 회사랍니다.
	저희 롱 라이프요.
태희	(신경질적으로 소리를 지르며) 그만하라고요!

놀라는 임 박사

태희가 기침을 한다.

임 박사	제가 괜한 말을 했나 보군요.
태희	네. 그러셨어요.
임 박사	사인은 하셨나요?
태희	네.
	(의자를 가리키며) 저기 있어요. 가져가세요.

의자로 다가가 서류철을 집어 드는 임 박사

서류철을 가방 안에 집어넣는다.

임 박사	그럼 저는 이만 가겠습니다.
태희	네
임 박사	(나가려다 말고 뒤를 돌아보며) 그런데…가족들도 알고 계신 거죠?

	어머니도요.
태희	왜요?
	어머니 사인도 있어야 하는 건가요?
임 박사	아, 아니요. 저는 단지….
	그냥 고객님께서 처음부터 계속 혼자이신 것 같아서요.
태희	원래 인생은 혼자 아닌가요?!
	내 일이에요. 내 인생이잖아요.
임 박사	고객님 생명과 관련된 일입니다.
태희	그러니까 더욱더 내가 알아서 하면 되죠.
	아무튼 수술 빨리 할 수 있게 해주세요.
	지금 이렇게 떠드는 순간에도 전 죽어간다고요.
임 박사	시간을 무척 중요하게 생각하시는군요.
태희	저한테 부족한 건 시간이에요. 시간!
	(사이)
	아닌가? 이제 오히려 남는 게 시간인가?
	복제를 했으니….

말없이 고개를 끄덕이며 무대에서 퇴장하려 하는 임 박사

이때, 무대 위로 맹순이 들어온다.

맹순	(주머니에서 쪽지를 꺼내며) 여기가 지구 남극 특별주거구역 한국령
	온누리 지구 3 다시 28 맞나요?

임 박사	네. 맞습니다.
맹순	그럼 여기 태희 집 맞죠?
태희	누구세요?
맹순	(태희를 보고 크게 반색하며) **태희야!!!**

말없이 가만히 맹순을 바라만 보는 태희

맹순	태희야! 태희야! 이게 얼마 만이니! 태희야!

너무나 반갑게 태희에게 달려가는 맹순

태희	(조용히 맹순을 밀쳐내며) **누구세요?**
맹순	뭐?
태희	누구시냐고요?
맹순	나 모르겠니?
	하긴 얼굴이 너보다 젊지.
	명왕성이 지구보다 시간이 엄청 느리게 흐르거든.
	호호호호. 엄마 얼굴 기억 안 나니?
	엄마잖아. 엄마야! 엄마!
태희	엄마?
임 박사	어머니시라고요?
맹순	네. 내가 태희 엄마예요.

맹순을 위아래로 훑어보는 임 박사

맹순	왜요? 엄마 같지 않죠. 호호호호.
임 박사	그럼 그 유명한!
	명왕성 다녀오신 그분이세요?
맹순	어머! 아시네요! 하여간 이 인기란!
	네. 맞습니다. 호호호호.
	명왕성에서 이제 막 지구로 돌아왔답니다.
임 박사	(맹순의 손을 덥석 잡으며) 팬입니다!
맹순	어머나! 놀래라!
	감사합니다! 호호호.
임 박사	정말 아름다우십니다!
	정말 어머니 맞으세요?
	세상에 어머니가 아니고 딸 같아요.
맹순	(태희를 보고) 들었니?
	내가 니 딸 같단다. 웃기지 않니?
	부러우면 너도 명왕성 갔다 오렴.

크게 웃는 맹순
못마땅한 눈으로 맹순을 쳐다보고는 등을 돌리고 눕는 태희

맹순	(태희에게 다가가 태희의 손을 꼬옥 잡고)

피곤하니? 엄마 좀 봐.

엄마 왔잖아. 엄마야. 엄마가 왔어.

슬며시 손을 빼는 태희

맹순	(태희의 등을 탁 치고) 야! 오태희!
	40년 만에 왔다! 40년 만에!
	40년 만에 엄마를 봤으면 엄마를 좀 봐야 하는 거 아니니!
태희	…….
맹순	태희야!
태희	피곤해요.
맹순	야! 오태희!
임 박사	오태희 씨는 지금 쉬셔야 합니다.
맹순	(임 박사를 위아래로 훑어보고) 그런데 누구세요?
임 박사	롱 라이프에서 왔습니다.
맹순	롱 라이프?
	아이참! 인터뷰는 나중에 한다니까.
	거참 너무하네. 어떻게 나보다 내 딸 집에 먼저 와요?
	너는 왜 아무나 집에 들어오게 하니?! 여자 혼자 사는 애가!
임 박사	저, 저기요.
맹순	됐어요. 나가요. 나가.
	인터뷰는 나중에 할 거니까.

임 박사	나가려고 했습니다.
	그런데 전 롱 라이프 우주 팀에서 나온 게 아닙니다.
맹순	그러면 어디서 나왔는데?
임 박사	저희 롱 라이프가 원래 뭐 하는 회사인지 아시죠?
	(사이)
	전 장기이식센터에서 일합니다.
맹순	장기이식센터? 장기이식센터에서 일하는 분이 여기 왜 오셨죠?
임 박사	(눈치를 보더니) 따님께서는 지금 몸이 편찮으십니다.

말없이 태희를 가리키는 임 박사

맹순	태희가요? 왜? 태희가 어디가 아픈데요?

머뭇거리는 임 박사

맹순	(태희를 가리키며) 쟤 어디 아파요?
	(태희를 붙잡고) 말 좀 해봐라. 너 어디 아프니?

대답을 안 하는 태희

맹순	말 좀 해보라니까.
임 박사	폐암입니다.

순간 짧은 정적이 흐른다.

맹순	뭐라고요?
	(태희를 보고) 지금 저 사람이 뭐라고 하는 거니?
태희	못 들었어요?
	나 피곤해.
임 박사	따님께서는 폐암이십니다.
맹순	(떨리는 목소리로) 어디가 아프다고?
임 박사	폐요.
맹순	폐? 폐암?
임 박사	네.
맹순	말도 안 돼!
	그러니까 태희가… 내 딸 태희가 폐암이라고?
임 박사	네. 장기이식이 필요합니다.
맹순	태희야….
태희	…….
맹순	태희야. 나 좀 봐봐.
태희	(슬머시 다시 몸을 일으켜 맹순을 보며) 말하지 마.
	내 이름 말하지 마.
맹순	엄마야. 엄마.
태희	엄마라고도 하지 마.

아무 말 없이 멍하니 태희를 쳐다보는 맹순

기침을 하는 태희

손수건에 또 피가 묻어나온다.

귀 뒤쪽을 긁기 시작하는 태희

맹순	너….
태희	괜찮아. 안 죽어.
	이식수술 할 거야.
맹순	이식수술?
임 박사	저희 롱 라이프는 인체조직을 복제하는 회사입니다.

(사이)

오태희 씨를 복제하여 복제된 상품으로부터 폐를 뜯어내 이식할

겁니다.

태희   복제한 저를 상품이라고 부르나요?

저를 복제하니까 그것도 하나의 엄연한 인격체이고 나나 마찬가

지인데.

듣기 좀 불편하네요.

임 박사   아무튼 다 오태희 씨를 살리기 위한 겁니다.

태희   나를 죽이고 나를 살린다.

(맹순을 보며) 부모 자식 관계 같네.

보통은 부모가 자식을 위해 죽는데 말이야.

태희가 또 귀 뒤쪽을 긁는다.

맹순	아직도 긁니?
태희	뭐?
맹순	아직도 긁냐고?
태희	뭘 아직도 긁어? 아프고 나서 긁기 시작한 건데.
	언제 봤다고 아는 척이야….
맹순	아니.
	(사이)
	너 긁었었어. 아주 어렸을 때….

암전

2막

밝아지면

큰 공이 무대 한가운데로 통통 튕기며 굴러 들어온다.

공을 따라 무대로 들어오는 한 여자아이

태희와 비슷하게 생긴 여자다.

바로 태희를 복제한 또 다른 태희.

[이제부터는 구별을 위해 소희('작은 태희'라는 뜻)라고 명명한다.]

태희와 같은 머리 스타일과 말투 그리고 걸음걸이. 하지만 태희와 다르다.

[같은 한 사람이지만 태희와 소희는 다른 배우가 각각 따로 연기한다.]

공을 겨우 잡고 다시 던지며 노는 소희

맹순   (무대 밖에서) 태희야! 태희야!

소리 나는 쪽으로 고개를 돌리는 소희

맹순   태희야! 태희야!

소희를 부르며 무대 위로 등장하는 맹순

맹순이 무대 위로 들어오자 숨는 소희

관객들을 보며 짓궂은 표정을 짓는다.

맹순   태희야! 어디 있니?

어디 나갔나?

숨어서 킥킥거리는 소희

맹순, 침대에 눕는다.

소희, 잠시 가만히 있다가 주변이 조용하자 두리번거리고

맹순이 자고 있는 걸 본다.

조심히 맹순에게 다가가는 소희, 맹순을 조심히 건드려본다.

반응이 없는 맹순

소희, 다시 맹순을 건드린다.

맹순   (귀찮다는 듯이) 하지 마라….

장난스런 표정으로 다시 맹순을 찔러보는 소희

맹순   하지 말라고!

짜증을 순간 버럭 내는 맹순

놀란 소희가 뒤로 물러난다.

그리고 울기 시작한다.

이때, 태희가 무대 위로 입장한다.

태희   뭐야?

맹순	애가 운다.
태희	그걸 누가 몰라. 건물 밖에서도 들리겠다.

소희에게 다가가 달래기 시작하는 태희

태희	애가 우는데 뭐 하는 거야?
맹순	운 지 얼마 안 됐어.
태희	그게 중요해?!
	애가 울면 와서 달래줘야지.
맹순	좀 울면 어떠니.
	아기는 원래 우는 거야.
	그리고 원래 아이일 때 좀 울어야 나중에 노래를 잘해.
	성량이 커지거든.

어이없게 맹순을 쳐다보는 태희

태희	엄마가 나 어떻게 키웠는지 알겠다.
	이런 식으로 키우고 우주로 도망간 거구나.

계속해서 엉엉 우는 소희

태희	애한테 무슨 짓을 한 거야?

맹순	무슨 짓이냐니!
	너 말 좀 가려서 해라.
태희	(소희를 보며) 괜찮아. 괜찮아.

어느 정도 진정을 하는 소희

태희	나도 이렇게 울렸지?
맹순	니가 나를 울렸지.
태희	내가 엄마를 울렸다고?
맹순	그럼, 내가 너 때문에 얼마나 우울했는지 알아?
태희	그래도 애기가 더 울지. 엄마가 더 울겠어?!
맹순	아기가 우는 건 그냥 우는 거야.
	어미가 우는 건 그냥 우는 게 아니고.
	니가 뭘 알겠니?
	아이도 낳아보지 않은 게….
태희	아이는 뭐 낳기만 하면 다인가….
	키워야지.
맹순	나쁜 년.
태희	(소희를 보며) 우르르 깍꿍. 우르르르….

울음을 그친 소희, 말없이 태희를 쳐다본다.
태희를 보다가 미소를 짓는 소희

그 모습에 자기도 모르게 따라 미소를 짓는 태희

맹순   다섯 살이라 그랬나?

태희   일곱 살.

맹순   일곱 살인데 왜 그렇게 애기 같냐?

태희   일곱 살이 애기지.

맹순   아냐. 일곱 살 치고 너무 어려.

         무슨 신생아 같잖아. 말도 제대로 못 하고.

         (사이)

         사람이 아니라 그런가.

태희   엄마!

맹순   왜?

         그 임 박사인가 그 사람도 그랬잖아.

         제품이라고. 너를 복제한 제품.

태희   엄마!

소희   엄. 마.

태희   응?

소희   어어어엄. 마아아아.

         (태희를 보고 웃음) 엄. 마. 엄마!

태희   엄마라고 했어!

맹순   세상에! 일곱 살인데 이제야 엄마 하는 거야?

         빠르구나. 아주 빨라.

담배를 한 대 꺼내 무는 맹순

담배에 불을 붙이려는데 태희가 다가가 맹순 입에 물린 담배를 뺏는다.

맹순	뭐 하는 짓이니?!
태희	애 있잖아.
맹순	애미 담배를 뺏다니. 세상에!
태희	엄마면 엄마답게 좀 해.
맹순	미친년! 지도 담배 때문에 죽어가면서.
태희	그러니까 하지 말라고.
	쟤도 나처럼 죽이고 싶어?
맹순	내가 너 죽였니!
	니 몸 버린 건 너야!
	나 때문이 아니라고!
태희	맞아. 내 탓이야.
	그러니까 다시는 실수하고 싶지 않아.
	담배 피는 거 보여주지 마.
맹순	아주 엄마 다 됐구나.
	엄마도 아닌 게….
태희	엄마는 아니지만 엄마로서의 역할은 해야지.
맹순	너 지금 나 가르치는 거니?
	내가 우주 갔다 와서 너보다 덜 늙었다고
	지금 니가 내 엄마 노릇 하는 거야?

태희	엄마는 아는 게 없잖아.
맹순	내가 뭘 모르니?
	나 니 엄마야.
태희	엄마라고?
	엄마는 내 옆에 없었어.
맹순	내가 왜 니 옆에 없었니?
	우주 가기 전에는 항상 니 옆에 있었어.
태희	기억 안 나거든.
	나 역사학자야.
	지나간 일들을 기억하고 기록하는 게 내 일이라고.
	엄마는 일을 핑계로 나를 버렸어.
	그게 다야. 그게 진실이라고.
맹순	난 내 일을 한 것뿐이다.
태희	엄마로서 해야 할 일은 한 적 없어!
맹순	태희야. 우리 40년 만에 만났다! 40년 만에!
	40년 만에 만나서 하는 이야기가 고작 이런 거냐?!
태희	40년….
	40년 동안 나 혼자였어.
맹순	너 나한테 불만이 많구나.
	(사이)
	넌 이 엄마에 대해서 어떤 기억을 가지고 있니?
태희	기억할 게 없어.

맹순	내가 너한테 뭐 잘못한 거 있니?
태희	무슨 잘못?
맹순	널 때리거나 아님 괴롭히거나.
태희	무슨 소리 하는 거야! 엄마는 내 옆에 없었다고!
	그냥 엄마는 없었어! 아예!
	(사이)
	때리거나 괴롭혔냐고?
	(코웃음을 치며) 차라리 그랬다면 얼마나 좋아.
소희	엄마— 엄마—
태희	그래. 엄마. 엄마.
맹순	넌 엄마가 아니야.
소희	엄마— 엄마—
태희	그래. 그래. 엄마야. 엄마야.

소희에게 어부바를 해주는 태희

맹순	너 엄마 아니야.
	아이한테 거짓말하지 마.
태희	내가 알아서 해.
맹순	니가 뭘 알아서 해?!
	당장 쟤가 아빠—아빠— 하면 뭐라고 대답도 못 하잖아.
	아빠 어디 있냐고 물으면 답할 수 있어?

태희	그런 경우에 어떻게 하는지 매뉴얼이 있어. 걱정하지 마.
맹순	매뉴얼?
태희	응. 복제아이가 아빠나 엄마 찾으면 어떻게 하라고 써 있어.

크게 웃는 맹순

맹순	진짜 웃기는구나.
	쟤는 뭐니? 니 딸이니 아님 니 분신이니 아님 제품이니?
	너는 또 뭐니? 어미니 아님 주인이니 뭐니?
태희	…….
맹순	엄마도 아닌 게 엄마 흉내 내기는.
태희	엄마가 그런 말 할 자격이 있어?
맹순	난 너 키웠다!
태희	엄마는 나 키운 적 없어!
맹순	나 너 낳았다!
태희	…….
맹순	니가 인정하든 안 하든 아무튼 난 널 낳은 사람이야.
	나는 최소한 너한테 엄마라고 들을 자격은 있어.
	나 너 낳고 명왕성 가기 전까지 너 키웠다.
	그것도 혼자서. 여자 홀몸으로!
태희	기억 안 나.
맹순	안 나겠지.

(사이)

너 아주 어렸을 때 기억나면 나한테 이렇게 못해.

태어나서부터 모든 게 다 기억난다면

부모한테 함부로 못 하는 법이야.

순간 크게 기침을 하는 태희, 각혈을 한다.

태희의 기침 소리에 놀라는 소희

태희를 보고 울기 시작한다.

소희에게 다가가 소희를 달래기 시작하는 태희

태희	왜 울어? 왜?
	엄마 그냥 기침 한 거야. 기침….
	엄마 괜찮아. 괜찮아.
맹순	니 기침의 의미를 아나 보지.
	니가 기침하면 할수록 자기가 죽는다는 걸.
태희	(소희를 달래며) 괜찮아. 괜찮아. 우쭈쭈쭈.

소희에게 다가가는 맹순

맹순	나도 한번 안아보자.
태희	(경계하듯) 왜?
맹순	왜기는?

한 번 안아보겠다는데.

이리 줘봐.

맹순을 바라보다

마지못해 맹순에게 소희를 맡기는 태희

맹순   안녕.

멀뚱멀뚱 맹순을 쳐다보기만 하는 소희

맹순   안녕.

                어른을 보면 인사를 해야지.

멍하게 맹순을 쳐다보기만 하는 소희

귀 뒤를 잡아 뜯기 시작한다.

맹순   긁지 마.

계속 귀 뒤를 긁는 소희

맹순   긁지 말라니까.

태희   냅둬.

맹순	(소희 손을 세게 잡고서) 긁지 말라고!

소희, 다시 울기 시작한다.

태희	(소희를 다시 데려오며) 뭐해? 왜 또 애를 울려?
맹순	귀 옆을 자꾸 뜯잖아.
태희	냅둬. 애가 그러는 건데.
맹순	못 하게 해야지.
	(다시 소희의 팔을 잡으며) 하지 마.

짜증을 내는 소희

태희	내버려 두라니까.
맹순	뭘 내버려 둬!
태희	대체 왜 그래?
맹순	너 기억 안 나니?
태희	뭐가?
맹순	너도 계속하잖아.
태희	뭘?
맹순	너도 귀 옆에 자꾸 뜯었어.
	내가 그거 말린다고 얼마나 힘들었는 줄 아니?
태희	아프고 나서 그런 거야.

맹순	아니야. 너 원래 그랬어.
태희	내가 옛날에 그랬다고? 언제?
맹순	나 우주 가기 전에.
	(소희를 보고) 이 나이 때. 아주 어렸을 때.
태희	기억 안 나.
맹순	난 기억한다.
	(울고 있는 소희와 태희를 번갈아 보고) 옛날 생각나네.
	너 참 귀여웠는데.

소희를 들어 달래 주기 시작하는 맹순

맹순	미안. 미안. 엄마가 미안하다. 미안. 미안.

소희를 토닥이는 맹순

아이 우는 소리와 함께 서서히 암전

3막

밝아지면

소희가 침대에 걸터앉아 있고 그 앞에서 임 박사가 소희를 검진하고 있다.

다소 불안한 눈으로 그 모습을 옆에서 지켜보는 태희
임 박사, 소희의 검진을 마치고 가방을 주섬주섬 챙긴다.

태희	어때요?
	아이는 별문제 없죠?
임 박사	네
태희	다행이네.
임 박사	그런데 귀 옆이 좀 헐었네요.
	자주 뜯나 봅니다.
태희	네?! 아… 네….
	저도 어렸을 때 그랬대요.
임 박사	엄마 닮았네요.
태희	엄마요?
임 박사	아! 죄송합니다. 불쾌하셨다면.
태희	아니에요.
	그렇게 부르는 게 편하시면 그렇게 불러야죠.
소희	엄. 마.
임 박사	(무언가 좀 망설여하면서) 저… 그런데….
	아이가 긁는 게 그냥 버릇보다는 가려워서 그런 것 같은데.

	아이가 많이 가려워하나요?
태희	글쎄요.
임 박사	혹시 아토피 같은 거 있으셨어요?
태희	저요?
	아뇨. 없는데요.
맹순	쟤 아토피 있었어요.

한 손에 와인을 든 채

무대 위로 등장하는 맹순

맹순	안녕하세요. 또 뵙네요.
임 박사	네. 안녕하세요.
맹순	쟤 아토피 있었어요.
태희	무슨 말이야?
	내가 무슨 아토피야?
맹순	(테이블에 앉으며) 너 어렸을 때 있었어.
	유치원 갈 때쯤 완치됐지만.
태희	내가 아토피가 있었다고?!
맹순	왜! 기억이 안 나나 보지?!
	역사학자 맞니? 어떻게 기억하는 게 하나도 없니?!
태희	진짜야?
맹순	그럼 내가 거짓말하는 것 같니?!

태희	자꾸 기억도 안 나는 걸 얘기하니까 그렇지.
맹순	나 니 엄마다.
	이게 지보다 어려 보인다고 애미를 못 믿고
	자꾸 가르치려 들어.
임 박사	확실한 겁니까?
	아토피가 있었다는 거.
맹순	네, 왜요?
	뭐 문제 있나요?
임 박사	장기를 이식해야 하는데….
맹순	아토피 별것도 아니잖아요.
	옛날에야 난리 친 거지.
	요즘은 뭐 약만 잘 먹으면 몇 년 안 돼서 낫지 않나?
임 박사	지금 오태희 씨는 이식을 해야 합니다.
	아토피는 알러지 반응이고 면역 관련 질환이어서….
	아무래도 리스크가 따릅니다.
맹순	그래요?
	(태희를 보며) 아이고— 너 어떡하냐—
임 박사	(태희를 보며) 정말 모르셨어요? 아토피 있었다는 거.
태희	네….
	(맹순을 보며) 정말이야? 나 아토피 있었다는 거.
맹순	(와인을 마시며 여유 있게) 그렇다니까.
태희	그럼 뭐가 문제가 되는 거죠?

임 박사	양식으로 하셨죠?
태희	네
임 박사	양식이면 곧 수술을 해야 하는데….
	안됩니다.
	아이의 아토피 상태로 봐선 당장 이식수술을 하기엔 리스크가 너무 큽니다!
태희	네?!
	그럼 어떡해요?
임 박사	글쎄요…. 무조건 기다릴 수도 없고.
	전수로 바꿀 수도 없고…
	전수는 생각 없으시잖아요.
맹순	(중간에 끼어들며) 전수? 그게 뭔데?
	전수가 뭐예요? 양식은 또 뭐고?
임 박사	모르시나 보네요.
맹순	네. 몰라요.
	나 명왕성에서 내 딸 보고 싶어서 막 온 사람이에요.
	그런데 내 딸년은 나한테 아무것도 말해주지 않아요.
태희	엄마. 말 좀 조심해.
	애가 옆에 있는데.
맹순	너나 말조심해. 이 년아.
태희	이리와. 나랑 놀자.

소희를 들쳐업고 소희랑 따로 놀아주기 시작하는 태희

임 박사	저희 롱 라이프는 세포복제를 통해 생명 연장을 실현하는
	메디 케어 기업입니다.
	지금 따님같이 위중한 병에 걸렸거나 장애를 가진 분들을 위해
	줄기세포 복제를 통해 병을 치료하고 생명을 연장하는 회사지요.
	따님께서는 폐암 말기이십니다.
맹순	그건 다 알겠고.
	그러니까 양식이 뭐냐고요?
임 박사	저희 회사는 단순히 장기 하나만 복제하지는 않습니다.
	거부반응이라고 아시죠?
	초창기에 줄기세포 복제를 통한 임상 실험을 몇 차례 했었는데
	할 때마다 계속 실패했었습니다.
	연구가 실패한 건 필요한 장기만 복제했기 때문에
	실제 이식 시 거부반응이 너무 심해서였습니다.
	그래서 아예 인간 자체를 복제하는 겁니다.
	(한숨을 한번 쉬고는) 따님께서 복제를 하시게 되면
	방식은 두 가지 중 하나입니다.
	방금 말씀드린 양식과 또 하나, 전수죠.
	양식은 복제 인간을 키워서 복제 인간의 장기를 자신의 것으로
	취하는 것. 그런 용도로 복제하는 건 양식이라고 합니다.
	또 하나가 전수입니다.

복제 인간이 어차피 자기 자신이니까 자신은 죽고 자신이 죽은

후 자기가 미처 다 못한 일을 이어나가게 교육을 시키는 것이죠.

맹순   그러니까 병을 고치기 위해 자기 자신을 복제하는데

그 방법이 양식과 전수 두 가지가 있다.

임 박사   네. 그렇죠.

맹순   양식은 수술해서 자기 거랑 바꾸는 거고

임 박사   전수는 자기의 삶 그대로 교육 시키는 거죠.

맹순   그럼 양식은 결국 자기가 자기를 죽이는 거네?

임 박사   뭐 그렇게 볼 수도 있죠. 복제된 건 죽어야 하니까요.

태희   전수는 제가 죽어야 하는 거고요?

임 박사   그렇죠.

맹순   그런데 쟤는 둘 중에서 양식을 선택한 거예요?

임 박사   네.

맹순   그런데 지금 전수로 바꾸라는 이야기를 하는 거예요?

임 박사   바꾸라고 말씀드린 건 아닙니다.

맹순   아무튼 애가 지금 죽어가니까 수술이나 빨리해요! 빨리!

임 박사   아토피요.

아토피가 있다고 하시니까 바로 안 될 것 같습니다.

추가로 검사도 해야 하고 생각보다 시간이

좀 더 걸릴 것 같네요.

맹순   말도 안 돼!

(소희를 가리키며) 지금 당장 저 애 폐를!

태희	엄마!
맹순	빨리 수술이나 해요!
임 박사	지금은 안 됩니다!
	기다리세요. 기다리셔야 합니다!
맹순	추가 검사가 오래 걸리나요?
임 박사	한 달은 넘게 걸립니다.
태희	한 달이나?!
	(사이)
	수술할 수는 있는 거죠?
임 박사	네. 가능할 겁니다.
태희	확실하게 말해줘요.
임 박사	어머니 말씀대로 아토피가 지금은 완치 가능한 거니까···.
	시간만 더 걸릴 뿐 가능합니다.
맹순	그럼 일단 지금처럼 더 있어야 한다는 말이네.
임 박사	네. 최대한 빨리 해드리겠습니다.
맹순	(소희를 쳐다보며) 저 잔망스러운 거랑 더 지내야 한다니···.
	딸을 살리는 거니까 참고는 있지만
	볼 때마다 얼마나 징그러운 줄 알아요?
임 박사	수술 전까지는 당연히 키우셔야 할 의무가 있습니다.
	오태희 씨를 복제한 거니까 예전에 따님 키우시듯
	똑같이 사랑을 가지고 키우시면 됩니다.
태희	우리 엄마가 사랑을 가지고 나를 키워요?

	번지수가 틀렸어요. 아마 그럴 일 없을걸요.
임 박사	오태희 씨 키울 때처럼 키우시면 될 겁니다.
	(사이)
	기억나시죠? 오태희 씨 키우셨을 때.
	그러니까 초등학교 때 어땠는지 기억나시죠?
맹순	(순간 멍해진 표정으로) 초등학생 때요?
임 박사	네.
맹순	우리 태희 초등학교 때?
태희	기억나는 거 없을걸요.
	나 초등학교 때 엄마 없었어요.
	(사이)
	저 머나먼 우주에 가 계셨죠.
맹순	초등학교 때?
	너 초등학교 때?
	(사이)
	잠깐 정리 좀 해보죠.
	그러니까 복제하는 게 양식과 전수 두 가지가 있는데
	양식을 하면 저 복제된 저 애가 죽는 거고
	만약에 그러니까 진짜 만약이지만
	전수를 하면 계속 키울 수 있다는 거죠?
임 박사	네.
맹순	그러니까 전수로 바꾸면

	초등학교 때 태희 모습을 볼 수 있는 거고요?
임 박사	네. 그렇죠.
태희	왜?
맹순	만약에 양식을 안 하고 전수로 바꾸면
	다시 태희를 키우는 거나 마찬가지인 거네요.
임 박사	네. 그렇다고 할 수 있죠.
태희	왜 그러냐고?
맹순	알겠어요.
	(태희를 보고) 아, 아니다.
	그냥 물어본 거야. 그냥 궁금해서….

잠시 생각에 잠기는 맹순
와인을 다 마셔버린다.

임 박사	(태희에게 다가가) 어떻게 하실래요?
	(한 번 맹순 눈치를 살피고는) 계속 양식으로 하시는 거죠?
태희	네.
임 박사	변한 건 없습니다.
	시간이 조금 더 걸릴 뿐이죠.
태희	시간이요?
	시간이 없는데….

귀 뒤쪽을 긁기 시작하는 태희

그 모습을 말없이 지켜보는 맹순과 임 박사

맹순   태희야.

태희   왜?

맹순   긁지 마.

태희   뭐?

맹순   긁지 말라고.

암전

4막

밝아지면

소파에 누워 있는 태희

조금 떨어져 의자에 앉아 있는 맹순

맹순	너 약 먹었니?
태희	(퉁명스럽게) 아니.
맹순	왜 안 먹어? 먹어야지.
태희	내가 알아서 해.
맹순	너 언제까지 나한테 그렇게 말할래?

태희에게 가까이 다가가 앉는 맹순

맹순	그동안 너에게 신경 많이 못 써줘서 미안하다.
	연락을 더 자주 할 걸 그랬나 보다.
	(사이)
	그래도 화상 메시지도 간간이 보냈는데.
	사실 여기 오기 전에도 온다고 메시지 보냈어.
	못 받았니?
태희	못 받았다고!
맹순	그래? 그거 참 이상하구나.
	(사이)
	그런데 너도 참 웃기다.
	니 말대로 40년 동안 엄마 없어서 힘들었으면
	화가 나도 40년 만에 엄마 보는 건데 엄마 보고 막 울거나
	그래야 하는 거 아니냐?!
태희	아빠는 만났어?

맹순	아빠?
	내가 그 자식을 왜 보러 가니?
태희	그래도 사람이 죽었는데.
	같이 살았었잖아.
맹순	니가 한 말 나도 그대로 해볼까?
	(사이)
	40년 동안 나 혼자 살았거든.
태희	가긴 갈 거야?
맹순	안 갈 거다.
태희	그럴 줄 알았어.

잠시 침묵이 흐른다.

맹순	너도 아빠 싫어했잖아!
	이제 와서 효녀인 척 하기는….
태희	내가 아빠를 왜 싫어해!
	나 키운 게 아빠거든.
맹순	그 인간이 너를 키웠어?
태희	그럼 나는 뭐 혼자 컸겠어?
맹순	웬일이니 그 인간이….
	(사이)
	야! 나도 너 키웠다니까!

태희	그만해! 기억 안 난다고!
맹순	니가 기억 못 하는 걸 나는 하고 있다.
태희	오늘이 무슨 날인지는 알아?
맹순	오늘?
	글쎄….
태희	오늘 내 생일이야.
맹순	생일?
	오늘 너 생일이니?
태희	(헛웃음을 치고) 응.
	엄마가 나를 이 저주받은 우주에 내던진 날이라고.
맹순	오늘이 내가 너를 낳은 날이라고?!
태희	그래! 오늘!
맹순	내가 왜 몰랐지?
태희	딸 생일도 모르다니. 그러면서 뭘 기억을 한다고….
	정말 무책임해.
맹순	무책임하다니! 말 좀 예쁘게 해라. 나 몰라라 하고 가다니!
	국가와 인류를 위해 이 한 몸 희생해서 먼 우주까지 갔는데!
태희	엄마 좋아서 갔지! 무슨 국가와 인류를 위해 간 거야!
맹순	어쨌든 결과적으로는 국가와 인류를 위해 간 거야.
태희	아이고. 참나.
	그런 식으로면 강간당해서 낳은 애가 잘 크면 강간한 이삐가 나중에 자기가 잘했다고 해도 되겠수.

맹순	너 나 들으라고 하는 말이니?
태희	왜 갑자기 발끈해? 뭘 들으라고 하는 말이야?!
	괜히 생일 모르니까 화내는 거 봐.
맹순	그만해!
	(사이)
	나쁜 년!
태희	별꼴이야. 갑자기 왜 그런데?
맹순	(태희를 노려보며) 나쁜 년!
	니가 뭘 아니?
	결혼도 안 했으면서….
태희	결혼했거든.
맹순	지금은 혼자잖아.
	잠깐! 너 결혼 했다고?!
태희	어.
맹순	남편은 어디 있어 그럼?
	누구야? 어떤 남자니?!
태희	몰라.
맹순	설마 너 이혼 했니?
태희	응.
맹순	(태희의 등짝을 때리며) 미쳤어! 미쳤어! 이 년이 미쳤어!
	기집애가 겁대가리도 없이!
	말도 없이 혼자 결혼하고 홀라당 이혼하고.

태희	때리지 마. 아파.
	나 환자라고.
맹순	결혼 언제 한 거야?
	이혼은 또 언제 한 거고?
태희	몰라.
	그렇게 됐어.
맹순	그런데 엄마한테 말 한마디도 안 한 거니?
태희	어떻게 말을 해?!
	먼 우주에 나가 있었으면서!

털썩 자리에 앉으며 한숨을 길게 뱉는 맹순

맹순	그래 니 말이 맞다.
	내가 무슨 할 말이 있겠니.
	세상에— (기침을 하고 나서) 세상에—
태희	잔소리 그만해. 갑자기 엄마인 척 하지 말라고.
	그리고 엄마도 이혼했잖아.
맹순	너 애는 없지?
태희	없어.
	(사이)
	지금 하나 키우고는 있지만….
맹순	그게 니 애냐? 내 애지.

	너 복제한 거 아니니! 그럼 내 애지. 니 애냐?
태희	키우고 있는 건 나거든.
	엄마 말대로 엄마 애면 왜 엄마는 안 키우는데?
맹순	내가 그걸 왜 키우니?
	너 하나 낳고 키웠으면 됐지.
태희	엄마는 나 키운 적 없다고!
맹순	널 낳았다고!
태희	낳기만 하면 뭐해? 키우지도 않으면서!
맹순	너는 소름 끼치지도 않니!
	니가 너를 키우는데!

순간 정적이 흐른다.

맹순	너무 흥분했구나.
	주름 많이 생겼겠다. 주름 생기면 안 되는데….
태희	그만 나가줘.
	나 잘 거야.
맹순	(사람 좋게 미소 지으며) **태희야.**

대답하지 않는 태희

맹순	딸.

태희	(귀찮다는 듯) 왜?
맹순	잠깐 나랑 이야기 좀 하자.
태희	무슨 얘기?
맹순	너 수술.
태희	왜?
	돈 들까 봐 그래?
맹순	돈은 무슨.
태희	그럼?
	걱정돼?
	웬일이래…. 천하의 우주비행사께서 딸 걱정도 다 해주시고.
맹순	그만 좀 이죽거리고 엄마 말 좀 들어볼래?
태희	얘기해.
맹순	수술 말이야.
	난 찬성해. 암. 당연히 해야지. 수술.
태희	그래서?
맹순	그래, 그러니까.
	그런데 그 의사가 전수인가 양식인가 했잖아.
	니가 전수라 그랬나 양식이라 그랬나?
태희	양식.
맹순	양식이 아이를 키우는 거였나?
태희	아니.
	전수가 키우는 거지.

맹순	너는 전수라고?
태희	아니. 양식이라니까.
	(사이)
	왜?
	전수로 했으면 좋겠어?!
맹순	어?
	(약간 당황하며) 아, 아니 그게.
태희	전수하면 나 죽는 거야. 알아?
맹순	으응. 알지.
태희	하긴 엄마는 나 죽는 거 신경 안 쓰이겠지.
맹순	무슨 말을 그렇게 하니?
	나쁜 년.
태희	나 살아있을 때 한 번도 안 온 사람인데
	죽을 때라고 신경 쓰겠어?!

먹먹해진 표정으로 태희를 바라보는 맹순

맹순	너 죽어가는 게 내 책임이냐?
태희	그건 아니지.
맹순	그럼 나 때문이라는 식으로 말하지 마라.
태희	그렇게 말한 적 없는데.
맹순	하지 마.

태희	알았어.
맹순	(태희의 눈치를 살피면서) 너 죽는 건 니 책임이다.
태희	알아.
맹순	니 책임이야. 니 책임이라고! 알았니?
태희	알았다니까!
	무슨 말을 하고 싶은데.
	나 피곤해.
맹순	태희야 미안한데….
	(사이)
	전수로 바꾸자.

말없이 맹순을 바라보는 태희

태희	그럼 나 죽어. 엄마 눈앞에 있는 내가 죽는다고.
맹순	사람은 누구나 죽어.
태희	아무렇지 않게 말을 한다.
맹순	아까도 말했지만 너 죽어가는 거 내 잘못 아니다.
태희	엄마 잘못 아니면 나 죽는 거에 대해 그렇게 말해도 되는 거야?
맹순	나 너 낳아줬다.
	그런데 너는 죽어가잖니.
	너는 나한테 빚을 졌어.
태희	내가 빚을 졌다고?!

	대체 무슨 말을 하고 싶은 거야?
맹순	내가 우주에 나가서 느낀 게 뭔지 아니?
	생명이라는 거. 이 우주에 지구라는 행성에 사는 생명이라는 거.
	참 귀중한 거다.
	그런데 너는 내가 준 생명을 제대로 관리도 못 하고
	심지어 계속 나한테 삐딱하게 굴잖아.
태희	그건 엄마가….
	아, 아니다.
	(사이)
	그래서 뭐? 어쩌라고?
맹순	전수로 해줘.
	아니다. 전수로 바꾸자. 전수로 해.
태희	왜?

아무 말 못 하는 맹순

태희	내가 왜 그래야 하는데?
맹순	너 다시 살고 싶지 않니?
태희	다시 산다고?
	무슨 말이야? 다시 살려고 양식으로 폐 이식하려 하잖아.
맹순	물론 그렇게도 다시 살 수 있지.
	하지만 그렇게 다시 산다고 해서 무슨 의미가 있니?

폐만 갈아 끼는 거지 몸과 마음은 그대로잖아.

니 얼굴을 봐.

내가 저 멀리 우주에 갔다 와서 천천히 늙어서 그런 거지만

당장 니 엄마보다 너 더 늙어 보이잖아.

(사이)

다시 태어나자. 응?

태희   다시 태어나자고?

맹순   내가 생각해보니까 어차피 너를 복제한 거니까

어쨌든 다 너 아니니?

그럴 바에야 하루라도 더 사는 쪽을 택하는 게 낫지. 그렇잖아.

양식이야 그냥 폐만 바꾸는 거지 뭐 달라지는 게 없잖아.

몇 년만 더 살걸.

하지만 전수는… 다시 태어나는 거야. 어릴 때부터 다시.

태희   난 어릴 때로 돌아가고 싶지 않아.

(사이)

누구 때문에 어릴 때 기억이 하나도 좋지 않다고.

맹순   이제는 내가 있잖니!

앞으로는 계속 니 옆에 있을 거야!

태희   진짜?

맹순   응.

(태희의 손을 들어 자기 얼굴에 대고는) 내 **얼굴** 뵈리.

지구 나이로 곧 70이거든. 누가 나를 70이라고 생각하겠니?

나도 명왕성 갔다 와서 새 생명을 얻었어.

너도 그러면 되잖아.

너랑 나. 두 모녀가 다시 새롭게 태어나서 즐겁게 지내는 거야.

어때?

맹순을 가만히 쳐다만 볼 뿐 아무 말도 안 하는 태희

태희   생각해 볼게.
맹순   태희야!
태희   생각해 본다고.

이때, 무대 뒤쪽에서 '엄마'를 부르는 소리가 들린다.

태희   애한테 가 볼게.

귀 뒤쪽을 긁기 시작하는 태희

맹순   하지 마.

말과 동시에 태희의 손을 잡는 맹순

태희   놔.

맹순	태희야.
태희	놓으라고.
맹순	미안해.
태희	미안하다고 하지 마.
맹순	태희야.

말없이 맹순의 손을 뿌리치고
무대 밖으로 퇴장하는 태희

암전

5막

밝아지면
침대에 누워 있는 태희
침대 옆에 서 있는 임 박사

조금 떨어져 의자에 앉아 있는 맹순

태희에게 서류를 건네는 임 박사

서류를 받아 사인을 하는 태희

임 박사	(태희를 보며) 후회 안 하실 자신 있으신가요?
태희	(잠시 뜸을 들이다) 네.
임 박사	(옆에 맹순을 보며) 후회 안 하시는 거죠?
맹순	네.
임 박사	어머니께서도 사인해주십시오.

맹순에게 서류를 내미는 임 박사

서류를 쳐다보는 맹순

이때, 태희가 다시 심하게 기침을 한다.

그 모습을 동시에 쳐다보는 임 박사와 맹순

임 박사	괜찮으세요?
태희	네, 점점 심해지네요.
	빨리 서둘러야겠어요.
임 박사	서두르시기는 해야 할 겁니다.
	아이에게 최대한 많이 가르치셔야 하니까요.
	(사이)
	정말 후회 안 하실 자신 있으세요?

태희	네
임 박사	혹시나 또 마음 바뀌시면 연락 주십쇼.
	다시 양식으로 바꾸시려면 3일 내로 연락 주셔야 합니다.
	(사이)
	양식에서 전수로 바꾸셨기 때문에
	지금 이 순간부터 수술 리스트에서 제외되십니다.
	아셨나요?
태희	네.
임 박사	마지막으로 궁금하신 점 있으신가요?
태희	그럼….
	제가 얼마나 더 살 수 있죠?
맹순	1년 정도는 더 살 수 있어.
	폐암이 아직 유일하게 정복 안 된 암이라지만
	그래도 옛날이랑 다르니까.
임 박사	1년이요?
	아니요. 그보다 짧을 겁니다.
맹순	1년도 안 된다고요?
임 박사	네. 길어봤자 3개월일 겁니다.
맹순	3개월?! 왜 그렇게 짧아요?
	벌써 병이 그렇게 빨리 전이가 된 건가요?
임 박사	아니요. 병이 전이된 건 아닙니다.
	말씀하신 대로 1년 더 살 수 있습니다.

맹순	그런데 왜 길어봤자 3개월이라는 거예요?
임 박사	약관에 그렇게 되어 있습니다.
맹순	약관?!
	당신 무슨 말을 하는 거야?!
태희	엄마. 그만해.
맹순	가만있어 봐.
임 박사	솔직히 말씀드리죠.
	병이 진행되는 게 중요한 게 아니고
	저희 회사 서비스 때문에 그렇습니다.
맹순	회사?
임 박사	저희 회사 방침상 어쩔 수 없습니다. 3개월이 한도입니다.
	3개월이 지나면 저희도 비용문제도 있고
	다른 고객들도 케어 해야 해서요.
맹순	말도 안 돼.
	그럼 아직 살아있는데 죽어야 한다는 거잖아.
임 박사	이미 사인하신 겁니다.
맹순	세상에 그런 게 어디 있어?!
태희	엄마!
맹순	가만있어 봐. 너는 화도 안 나니?!
임 박사	아무쪼록 3개월 동안 아이 잘 가르치십시오.
	하나부터 열까지 오태희 씨와 똑같은 인생을
	살게 하고 싶으시다면 가르치실 게 많으실 겁니다.

맹순	이런 사기꾼들! 이런 살인자들!
임 박사	저희도 회사입니다.
	고객이 죽을 때까지 계속 고객 관리하고
	체크해야 하는 것도 다 돈입니다.
	죄송한 말씀이지만 그렇게 오랫동안은 못 기다립니다.
맹순	다 돈 때문이라는 거군! 돈 때문에!
태희	그렇게 딱 정해져 있는 건가요?
임 박사	네. 3개월입니다.
태희	어쩔 수 없죠.
맹순	어쩔 수 없다니! 어쩔 수 없다니!
태희	엄마.
	왜 그렇게 열을 내?
맹순	너는 화 안 나니?
	내가 40년 만에 만나서 너를 잘 몰라도
	너 3개월 뒤에 죽을 정도는 아니라는 건 딱 봐도 알아.
	그런데 3개월 뒤에는 죽어야 한다니. 아직 멀쩡한데!
	그것도 단지 이유가 돈 때문이라잖아.
	이게 말이 되니?
태희	엄마.
맹순	(임 박사를 보며) 정말 너무하는 거 아니에요?!
태희	엄마. 하지 마.
맹순	서류 다시 내놔요. 다시 내놔.

어쩔 줄 몰라 하는 임 박사

태희	엄마. 그만 해요.
	대체 왜 그래?
	엄마가 바꾸자고 해서 바꾸는 거야.
맹순	잠깐! 잠깐!
	난 이런 건지는 몰랐어. 정말 몰랐다고!
태희	알았어.
맹순	난 이런 건지 몰랐어! 정말이야! 몰랐어! 태희야!
임 박사	오태희 씨.
	어떡하실 건가요?
태희	뭘요?
임 박사	다시 바꾸실 건가요?
	바로 다시 바꿀 수 있습니다.
태희	아니요.
	전수로 하겠습니다.
맹순	태희야!
태희	피곤하네요. 이만 가세요.
임 박사	그럼 행운을 빌겠습니다.

무대에서 퇴장하는 임 박사

조명이 다소 어두워진다.

맹순	너 왜 그러니? 왜 그래?
태희	뭘?
맹순	바꿔야지. 당연히 다시 바꿔야지.
	내가 다시 불러오마. 잠깐 기다려.
태희	가만히 있어.
맹순	너 멀쩡히 살아있는데 죽는 거야 지금!
태희	그것도 모르고 바꾸자고 한 거야?
맹순	태희야!
태희	전수로 바꾸자고 한 건 엄마야!
맹순	너 그냥 이대로 죽고 싶어?
태희	어쩔 수 없다잖아. 그럼 어떡해?
맹순	어떡하긴. 다시 바꿔야지 다시.
태희	다시 바꾼다고?
	(사이)
	나 다시 태어나는 건?
	나 다시 태어나는 건 어떡하고?
맹순	태희야….
태희	나 다시 태어나고 싶어.
	지긋지긋해. 이렇게 사는 거….

갑자기 귀 옆을 또 긁기 시작하는 태희

태희	(혼잣말로 중얼거리며) 40년 만에 나타나서
	갑자기 엄마 노릇 하는 거야 뭐야.
	아니지. 사실 따지면 엄마 노릇도 아니지.
	결국 날 죽인 거잖아.

태희에게 다가가 태희 손을 잡는 맹순

맹순	제발 좀 긁지 좀 마라.
태희	왜 그래?
맹순	긁지 좀 마. 정말 신경 쓰인다.
태희	무슨 상관이야?
맹순	그리고 내가 널 죽인다는 말 좀 하지 말아줄래.
태희	왜 사실이잖아!
	결국은! 결국엔 날 죽인 거잖아!
맹순	사인은 니가 했다.
태희	바꾸라고 한 건 엄마야.
맹순	태희야!
태희	(감정이 폭발하여) 저리 가! 저리 가라고!
	이 이기적인 여자야! 저리 꺼져!

펑펑 울기 시작하는 태희

태희	이럴 거면 왜 나를 낳았대.
	기르지도 않고 돌봐주지도 않을 거면서!
맹순	지금 옆에 있잖아.
태희	지금? 그럼 그동안은. 그동안은 뭐했어?
	시간이, 시간이 이렇게 흘렀는데
	시간이, 시간이 이렇게 없는데!
맹순	미안하다.
태희	엄마 생각을 모르겠어.
	대체 여기 왜 온 거야?
맹순	왜 오긴. 집이니까 왔지.
태희	그러니까 왜 지금 왔는데?
맹순	내가 뭐 집을 나갔니!
	일하느라 그랬잖아!
	40년 만에 온 건 미안한데 그럼 우주선에서 뛰어내릴까?!
태희	좋아. 어쨌든 왔으니까
	와서 왜 내 수술에 관심을 가지고 참견하는데?
맹순	딸이니까. 내 딸이니까.
	그리고 그냥 수술이니? 폐암이라며!
태희	내가 알아서 해.
맹순	너도 결국 내 말대로 전수로 하고 싶던 거 아니었니?!
태희	그래! 그렇다!

(사이)

그런데 왜 또 이제 와서 바꾸라고 하냐고!

맹순   말이 안 되잖니!

나야 너 죽을 때쯤 바꾸는 건 줄 알았지!

태희   그러니까 이런 건 줄 몰랐다! 흥! 핑계 좋네!

(사이)

정말 엄마는 대책 없고 충동적이고 이기적이야!

맹순   그래. 욕해라. 마음껏 욕해라.

자식이란 부모에게 빚 받으러 온 사람이라는데

나는 전생에 너한테 엄청나게 욕먹을 빚을 졌나 보다.

태희   대체 왜 그러는 건데? 응?

왜? 나 죽여 놓고 막상 죽는다니까 기분이 이상해?

맹순   내 죽기 전 마지막 소원이 뭔지 아니?

내 딸이 나한테 예쁘게 말하는 거 한 번이라도 듣는 거다.

태희   미안하네.

엄마보다 먼저 죽어서 대못까지 박아야 하는데.

하지만 불효라고 생각하지 마.

엄마가 죽인 거니까!

맹순   내가 너를 죽인다고 생각하는 거야?

태희   그럼 뭐 아니야?

맹순   왜? 전수로 바꿔서?

(사이)

니가 선택한 거야.

이 지경이 되도록 만든 건 다 니가 선택한 니 책임이라고!

태희   …….

맹순   넌 항상 엄마 탓만 하는구나.

태희   항상? 항상 이라고?

그런 말을 엄마가 할 수 있어?

맹순   됐다.

나도 이제 너랑 말하고 싶지 않다.

태희   그래. 내가 선택하고 내가 사인한 거야.

엄마 때문이 아니야. 됐어?

맹순   됐다니까.

태희   아니, 내 말 끝까지 잘 들어.

엄마 때문 아니니까 착각하지 말라고.

엄마는 모든 사람들이 엄마를 생각하고

세상 모든 게 엄마 중심으로 돌아간다고 생각하나 본데.

아니야. 알았어?

맹순   뭐? 뭐가 어째?

태희   엄마 때문이 아니야.

미안한데 솔직히 엄마 따위는 전혀 생각도 안 하거든.

맹순   그럼 뭐 때문이니?

태희   아이 때문이야. 아이 죽이기 싫어서.

(사이)

그러니까 엄마 따위는 생각도 안 했으니까.

걱정하지 말라고!

맹순   그래. 알았다.

태희   엄마가 내 옆에 없다는 걸 안 다음부터

            사실 그때부터 난 이미 죽어있던 거나 마찬가지였어.

            태어나서 단 한 번도 제대로 엄마라는 말을 못 해본 게 어떤 건지

            알기나 해.

            엄마가 없는 데 태어난 느낌. 존재는 하는데 버려진 느낌이라고.

잠시 정적이 흐른다.

맹순   너 내가 왜 우주로 가고 싶어 했는지 아니?

태희   관심 없어.

맹순   너를 가져서야!

태희   무슨 말이야?

맹순   내가 너 언제 낳았는지 아니? 아니 어떻게 너 가졌는지 알아?

            엄마. 미성년자일 때 너 가졌어.

태희   무슨 말은 하는 거야?

맹순   나 하고 싶은 거 많았다. 그런데 억지로 너를 가지게 됐지.

            넌 모르겠지만 아이가 한 번 생기면

            여자는 포기해야 하는 게 너무나 많아.

            솔직히 나 너 증오했다!

            (사이)

니 얼굴을 보고 있으면 귀엽고 사랑스럽지만. 하지만.

태희   하지만 뭐?

맹순   너는 나 말고 니 아빠 닮았어.

            널 볼 때마다 그 새끼가 떠올랐다고!

태희   아빠를 그렇게 말하지 마.

            아빠는 그런 말 해 준 적 없어.

맹순   그랬겠지.

            하지만 그 인간….

            열일곱 순진한 여고생에게 몹쓸 짓을 한 인간이야.

            그 인간 얼굴이 너한테서 보였다고!

            그게 무슨 말인지 아니?

            너는 나한테 축복이지만 너무 갑자기 왔어.

            너무 갑작스럽게 나한테 왔다고.

            내가 하고 싶은 게 얼마나 많았는데! 나도 내 꿈이 있었다고!

            그런데 너를 보면 거기엔 내가 없었어!

            점점 내가 없어지고 있었다고!

            그래서 너를 잊고 싶었어.

            그냥 이 지긋지긋한 곳을 떠나고 싶었다고!

            그렇게 간 거야. 니 말대로 널 버리다시피.

조명이 서서히 어두워지더니
맹순과 태희 위에만 핀 조명으로 비춰준다.

맹순	처음엔 좋았어. 뭔가 대단한 일을 하는 것 같았으니까.
	드디어! 드디어 우주비행사가 되다니!
	그 자체로도 내 자신에게 대견했어.
	대단했단다! 너 우주선이 발사될 때 소리 들어봤니?
	아니면 대기권을 벗어나기 전
	미처 몰랐던 저 구름 위를 본 적 있니?
	정말 아름답단다.
	그 소리와 그 색깔이란! 안 보면 절대 알 수 없지.
	(사이)
	그런데, 그런데 말이다. 점점 멀어지면.
	지구에서 멀어지면 아무것도 없어.
	그냥 어두움밖에 없었어. 가도 가도 어두웠지.
	우주에서 보면 지구는 아무것도 아니니까
	인간의 인생이란 허무하니까
	우주를 가면 무언가 답이 있을 거라 생각했는데···.
	그런데···.
	그냥 내가 정말 아무것도 아니라는 것만 확인했단다.
	그리고 외로움.
	내가 얼마나 외로웠는지 아니? 정말 1년이 10년 같았단다.
태희	그런데 왜 연락을 자주 안 했어?
	내가 엄마를 얼마나 기다렸는데?!
맹순	무서웠어! 너무 무서웠다!

가끔 니가 보내주는 화상 메시지를 볼 때.

거기 니 모습을 볼 때마다. 볼 때마다 넌 얼굴이 변해 있었어.

세상에! 그렇게 금방 자라다니!

애들은 어쩜 그렇게 금방 자란다니!

(태희의 얼굴을 만지며) 처음엔 기특했는데 나중엔 어땠는지 아니?

낯설었어. 그리고 무서웠단다.

내 딸이 없어졌어! 내 딸이 없어졌다고!

나는 그대로인데 너는, 너는….

내 딸이 없어졌어!

니 어릴 적 모습.

천사 같이 귀엽고 사랑스러웠던 니 모습이 없어졌다고.

(사이)

그게 얼마나 가슴 아픈 일인지 아니!

태희   아까는 아빠 닮아서 싫었다며?

맹순   어쨌든 내 딸 아니니….

귀여운 내 딸.

말없이 눈물을 훔치는 태희

맹순   내가 왜 전수로 하자고 한 줄 아니?

(사이)

솔직히 나 지금의 너 싫어!

니가 나 싫어하는 것만큼 나도 너 싫어!

내가 아는 태희는 이런 아줌마가 아니야!

어리고 귀여운. 내가 말 한마디 하면 눈을 반짝이고 쳐다보던

그런 아이였다고.

숨을 한 번 고르는 맹순

맹순	너를 다시 키우고 싶다! 니 어린 시절을 다시 보고 싶어!
	니 귀여운 모습을 다시 보고 싶다고!
	(사이)
	너 복제한 그 아이.
	보면 괜히 꼬집고 싶고 괜히 한 대 쥐어박고 싶다.
	그런데 그게 싫거나 미워서가 아니야.
	너 옛날 모습 보는 것 같아. 그래서 눈이 한 번 더 가.
태희	엄마….
맹순	초등학교 때 너라는데… 초등학교 때 오태희라는데….
	나는 못 봤잖니. 나는 못 봤잖아. 그때 너.
	직접 보고 싶어.
	그래서 그랬다. 그래서….
	그런데, 그런데. 막상 니가 죽는다고 하니 못 견디겠다.

크게 흐느끼는 맹순

맹순	미안하다. 미안해. 딸아. 나를. 나를 용서해다오.
	나 너 이렇게 못 보낸다. 이렇게 너 보내면 나, 나 못 산다.
	내가 너 이렇게 보내고 어떻게 살겠니!

맹순을 안아 다독이는 태희

태희	엄마. 나 이제 어떻게 키울 거야?
맹순	뭐? 그게 무슨 말이니?
태희	내 옆에 늘 있어 줄 거야?
	나 이제 다시 키워야 하잖아.
	어떻게 키울 거야?
	우주비행사 만들 거야? 엄마처럼?
맹순	그런 말 하지 마라. 응? 그런 말 하지 마.
태희	울지 마. 엄마. 다시 기회가 온 거잖아.
	이번엔 잘 키워. 그러면 돼.
맹순	그게 무슨 말이니? 그게 무슨 말이야? 안 죽을 거지? 응? 말해줘.
	안 죽을 거지? 응?
태희	엄마. 괜찮아.
	나는 괜찮아.
맹순	태희야.
태희	이번에는 내 옆에 항상 있어 줄 거지?
	그렇게 해 줄 거죠?

	부탁해요. 다시 태어나면 항상 내 옆에 있어 주세요.

부탁해요. 다시 태어나면 항상 내 옆에 있어 주세요.

그리고 나 사랑해줘. 많이. 많이.

사랑한다는 말 많이 해줘요.

(울먹이며) 그러면 나도 이제 엄마 사랑할게.

맹순   태희야! 태희야!

서로 껴안고 우는 두 사람

암전

6막

조명이 다소 어둡게 무대를 비춘다.

무대에는 아무도 없다.

잠시 후, 상복을 입은 태희 모와 소희가 집 안으로 들어온다.

피곤한 표정으로 소파에 나란히 앉는 두 사람

소희	할머니

말없이 소희를 내려다보는 맹순

소희	할머니
맹순	할머니라고 하지 마라.
소희	왜?
맹순	이상해.
소희	뭐가?
맹순	그냥 이상해. 하지 마.
	나이 먹은 것 같아.
소희	할머니잖아?
맹순	내 얼굴을 봐라.
	내가 어디 할머니 같니?!

뚫어져라 맹순을 쳐다보더니
말없이 고개를 끄덕이는 소희

맹순	몇 개월 전만 해도 겨우 엄마 하던 게 갑자기 말을 곧잘 하네.
	진짜 애들은 금방 큰다니까!
소희	응? 뭐?
맹순	아니야.

소희	할머니 이쁘다.
	할머니 이뻐.
맹순	그래. 고맙다.

소희의 머리를 쓰다듬어 주는 맹순

맹순	태희야.
소희	왜요?
맹순	할머니라고 하지 말고
	엄마라고 해봐.
소희	엄마?
	할머니는 할머니잖아.
맹순	할머니 아니야.
	엄마라고 해.
소희	엄마 아닌데!
	할머닌데!
맹순	엄마야.
소희	할머닌데!
맹순	내 얼굴 다시 봐봐.
	이렇게 이쁜 할머니 봤니?
소희	아니.
맹순	그러니까 할머니 아니야.

엄마야. 앞으로는 엄마라고 해.

알았지?

말없이 가만히 맹순을 쳐다보는 소희

소희	나 뭐 하나 물어봐도 돼?
맹순	응. 물어보렴.
소희	전생이 뭐야?
맹순	전생? 그런 건 또 어디서 들었니?
소희	엄마가 전에 나한테 그랬거든.
맹순	뭐라고?
소희	할머니가 전생에 죄가 많은 것 같대.

그것도 아주 많이.

맹순   왜?

소희   엄마가 그랬어.

나 같은 년을 두 번씩이나 키우다니 분명 할머니는 전생에 죄가

많은 거라고.

(사이)

무슨 말이야?

아무 말 없이 한숨을 크게 쉬는 맹순

맹순	나쁜 년.
	(사이)
	태희야.
소희	응?
맹순	사랑해.
소희	나도.
	나도 사랑해.
	(사이)
	엄마.

맹순을 꼬옥 껴안는 소희

암전

END

이민우

역사적 인간들

인쇄 2023년 1월 13일
발행 2023년 1월 17일

지은이 이민우
발행인 이노나
펴낸곳 인문엠앤비
주소 서울특별시 종로구 북촌로4길 19, 404호(계동, 신영빌딩)
전화 010-8208-6513
이메일 inmoonmnb@hanmail.net
출판등록 제2020-000076호

이 도서는 한국출판문화산업진흥원의 '2022년 중소출판사 출판콘텐츠 창작
지원 사업'의 일환으로 국민체육진흥기금을 지원받아 제작되었습니다.

ISBN 979-11-91478-17-4 03810

값 15,000원